रामप्रसाद बिस्मिल की आत्मकथा

रामप्रसाद बिस्मिल

Om Books International

प्रथम मुद्रण 2025

Om Books International

ओम बुक्स इंटरनेशनल
कॉर्पोरेट एवं संपादकीय कार्यालय
ए-12, सेक्टर 64, नोएडा 201 301
उत्तर प्रदेश, भारत
फ़ोन : +91 120 477 4100
ईमेल : editorial@ombooks.com
वेबसाइट : www.ombooksinternational.com

विक्रय (सेल्स) कार्यालय
107, अंसारी रोड, दरियागंज
नई दिल्ली 110 002, भारत
फ़ोन : +91 11 4000 9000
ईमेल : sales@ombooks.com
वेबसाइट : www.ombooks.com

आईएसबीएन : 978-93-6395-832-6

भारत में मुद्रित
10 9 8 7 6 5 4 3 2 1

शहीद राम प्रसाद 'बिस्मिल' भारतीय स्वतंत्रता संग्राम के एक महानायक, प्रखर क्रांतिकारी, ओजस्वी कवि, अनुवादक एवं तेजस्वी साहित्यकार थे। उन्होंने भारत की स्वाधीनता के लिए अपने जीवन का संपूर्ण समर्पण कर दिया। इनका जन्म 11 जून 1897 को उत्तर प्रदेश के शाहजहाँपुर जनपद में पंडित मुरलीधर के घर हुआ था। बाल्यावस्था से ही उनमें देशभक्ति की भावना प्रबल थी। वे केवल शस्त्रधारी योद्धा ही नहीं, बल्कि एक संवेदनशील हृदय के साहित्यसाधक भी थे। 'बिस्मिल' बहुभाषाविद् थे–हिन्दी, उर्दू, अंग्रेज़ी एवं बंगला भाषा पर समान अधिकार था। 'प्रभा' जैसे प्रतिष्ठित मासिक पत्रों में 'अज्ञात' और 'राम' नाम से उनके लेख छपते थे। आर्य समाज के स्वामी सोमदेव और क्रांतिकारी पंडित गेंदालाल दीक्षित की शिक्षाओं ने उनके जीवन को क्रांति–पथ की ओर प्रवृत्त किया। उनकी साहित्यिक कृतियाँ उनकी संवेदनशीलता और विचार–गंभीरता की सजीव अभिव्यक्ति हैं। उनकी आत्मकथा 'निज जीवन की एक छटा', कविताओं का संकलन 'मन की लहर', उपन्यास 'बोलशेविकों की करतूत' और जीवनी 'केथोराइन' आज भी राष्ट्रप्रेम की भावना को जाग्रत करती हैं।

उनकी क्रांतिकारी गतिविधियाँ मैनपुरी षड्यंत्र (1918) एवं काकोरी काण्ड (1925) जैसी ऐतिहासिक घटनाओं में प्रमुख रूप से परिलक्षित होती हैं। 9 अगस्त 1925 को उन्होंने अपने साथियों के साथ मिलकर काकोरी में चलती हुई ट्रेन से ब्रिटिश सरकार का खजाना लूटने का साहसिक कार्य किया। इस घटना के उपरान्त उन्हें ब्रिटिश शासन द्वारा बंदी बनाकर कठोर दण्ड दिया गया। दीर्घ न्यायिक प्रक्रिया के पश्चात् 19 दिसंबर 1927 को उन्हें फाँसी दे दी गई। उनका बलिदान भारतीय स्वतंत्रता संग्राम के इतिहास में स्वर्णाक्षरों में अंकित है और युगों–युगों तक प्रेरणा देता रहेगा।

विषय-सूची

प्रथम खंड

आत्म-चरित्र

तोमरधार में चंबल नदी के किनारे पर दो ग्राम आबाद हैं, जो ग्वालियर राज्य में बहुत ही प्रसिद्ध हैं, क्योंकि इन ग्रामों के निवासी बड़े उद्दण्ड हैं। वे राज्य की सत्ता की कोई चिंता नहीं करते। ज़मींदारों का यह हाल है कि जिस साल उनके मन में आता है राज्य को भूमि–कर दे देते हैं और जिस साल उनकी इच्छा नहीं होती, मालगुजारी देने से साफ इंकार कर जाते हैं। यदि तहसीलदार या कोई राज्य का अधिकारी आता है तो ये जमींदार बीहड़ में चले जाते हैं और महीनों बीहड़ों में ही पड़े रहते हैं। उनके पशु भी वहीं रहते हैं और भोजनादि भी बीहड़ों में ही होता है। घर पर कोई ऐसा मूल्यवान पदार्थ नहीं छोड़ते, जिसे नीलाम करके मालगुजारी वसूल की जा सके। एक ज़मींदार के संबंध में यह कथा प्रचलित है कि मालगुजारी न देने के कारण ही उनको कुछ भूमि माफी में मिल गई। पहले तो कई साल तक भागे रहे। एक बार धोखे से पकड़ लिये गए तो तहसील के अधिकारियों ने उन्हें बहुत सताया। उनको कई दिन तक बिना खाना–पानी के बंधा रहने दिया। अंत में जलाने की धमकी दे, पैरों पर सूखी घास डालकर आग लगवा दी। किंतु उन जमींदार महोदय ने भूमि–कर देना स्वीकार न किया और यही उत्तर दिया कि ग्वालियर महाराज के कोष में मेरे कर न देने से ही घाटा न पड़ जाएगा। संसार क्या जानेगा कि अमुक व्यक्ति उद्दण्डता के कारण ही अपना समय व्यतीत करता है। राज्य को लिखा गया, जिसका परिणाम यह हुआ कि उतनी भूमि उन महाशय को माफी में दे दी गई। इसी प्रकार एक समय इन ग्रामों के निवासियों को एक अद्‌भुत

खेल सूझा। उन्होंने महाराज के रिसाले के साठ ऊँट चुराकर बीहड़ों में छिपा दिए। राज्य को लिखा गया, जिस पर राज्य की ओर से आज्ञा हुई कि दोनों ग्राम तोप लगाकर उड़वा दिये जाएं। न जाने किस प्रकार समझाने–बुझाने से ऊँट वापस किए गए और अधिकारियों को समझाया गया कि इतने बड़े राज्य में थोड़े से वीर लोगों का निवास है, इनका विध्वंस न करना ही उचित होगा। तब तोपें लौटाई गईं और ग्राम उड़ाये जाने से बचे। वे लोग अब राज्य–निवासियों को तो अधिक नहीं सताते, किंतु बहुधा अंग्रेज़ी राज्य में आकर उपद्रव कर जाते हैं और अमीरों के मकानों पर छापा मारकर रात–ही–रात बीहड़ में दाखिल हो जाते हैं। बीहड़ में पहुँच जाने पर पुलिस या फौज कोई भी उनका बाल–बाँका नहीं कर सकती। ये दोनों ग्राम अंग्रेज़ी राज्य की सीमा से लगभग पंद्रह मील की दूरी पर चंबल नदी के तट पर हैं। यहीं के एक प्रसिद्ध वंश में मेरे पितामह (दादा) श्रीनारायणलाल जी का जन्म हुआ था। वह पारिवारिक कलह और अपनी भाभी के असहनीय दुर्व्यवहार के कारण मजबूर हो अपनी जन्मभूमि छोड़ इधर–उधर भटकते रहे। अंत में अपनी धर्मपत्नी व दो पुत्रों के साथ वह शाहजहाँपुर पहुँचे। उनके इन्हीं दो पुत्रों में ज्येष्ठ पुत्र श्रीमुरलीधर जी मेरे पिता हैं। उस समय उनकी आयु आठ वर्ष और उनके छोटे पुत्र, मेरे चाचा श्रीकल्याणमल की आयु छः वर्ष की थी। इस समय यहाँ अकाल का भयंकर प्रकोप था।

दुर्दिन

अनेक प्रयत्न करने के बाद शाहजहाँपुर में एक अत्तार महोदय की दुकान पर मेरे बाबा श्रीनारायणलाल जी को तीन रुपये मासिक वेतन की नौकरी मिली। तीन रुपये मासिक में अकाल के समय चार प्राणियों का किस प्रकार निर्वाह हो सकता था? दादीजी ने बहुत प्रयत्न किया कि अपने आप केवल एक समय आधा पेट भोजन करके बच्चों का पेट पाला जाए, किंतु फिर भी निर्वाह न हो सका। बाजरा, कुकनी, सामा, ज्वार आदि खाकर दिन काटने चाहे, किंतु फिर भी गुजारा न हुआ। तब आधा बथुआ, चना या कोई दूसरा साग, जो सबसे सस्ता हो उसको लेकर, सबसे सस्ता अनाज उसमें आधा मिलाकर थोड़ा–सा नमक डालकर उसे स्वयं

खातीं और लड़कों को चना या जौ की रोटी देती थीं। दादाजी भी इस प्रकार समय व्यतीत करते थे। आधा पेट खाकर बड़ी कठिनाई से दिन तो कट जाता, परंतु पेट में घोंटू दबाकर रात काटना कठिन हो जाता। यह तो भोजन की दशा थी, वस्त्र तथा रहने के स्थान के किराये के लिए धन कहाँ से आता? दादीजी ने चाहा कि भले लोगों के घरों में उन्हें कोई मजदूरी ही मिल जाए, किंतु अनजान व्यक्ति का, जिसकी भाषा भी अपने देश की भाषा से न मिलती हो, भले घरों में सहसा कौन विश्वास कर सकता था? कोई मजदूरी पर अपना अनाज भी पीसने को न देता था। डर था कि अकाल का समय है, खा लेगी। बहुत प्रयत्न करने पर दो एक महिलाएँ अपने घर पर अनाज पिसवाने पर राजी हुईं, किंतु पुरानी काम करने वालियों को जबाब कैसे दें? इसी प्रकार अड़चनों के बाद पाँच–सात सेर अनाज पीसने को मिल जाता, जिसकी पिसाई उस समय एक पैसे प्रति पंसेरी थी। बड़ी कठिनाई से आधा पेट एक समय भोजन करके तीन–चार घंटों तक पीसकर एक पैसा या डेढ़ पैसा मिलता। फिर घर पर आकर बच्चों के लिए भोजन तैयार करना पड़ता था। दो, तीन वर्ष तक यही दशा रही। दादाजी प्रायः अपने गाँव लौट जाने का विचार प्रकट करते, किंतु दादीजी का यही उत्तर होता कि जिनके कारण गाँव छूटा, धन–सामग्री सब नष्ट हुई और ये दिन देखने पड़े अब उन्हीं के पैरों में सिर रखकर दासत्व स्वीकार करने से इसी प्रकार प्राण देना ही श्रेष्ठ है, ये दिन सदैव न रहेंगे। हर प्रकार के संकट सहे, किंतु दादीजी गाँव को लौट कर न गईं।

चार–पाँच वर्ष में जब कुछ सज्जन परिचित हो गए और जान लिया कि स्त्री भले घर की है, कुसमय पड़ने से दीन–दशा को प्राप्त हुई है, तब बहुत–सी महिलाएं विश्वास करने लगीं। अकाल भी दूर हो गया था। कभी–कभी किसी सज्जन के यहां से कुछ दान मिल जाता, कोई ब्राह्मण–भोजन करा देता। इसी प्रकार समय व्यतीत होने लगा। कई महानुभावों ने, जिनके कोई संतान न थी और धनादि पर्याप्त था, दादीजी को अनेक प्रकार के प्रलोभन दिए कि वह अपना एक लड़का उन्हें दे दें और जितना धन माँगें उनको उतना भेंट किया जाए। किंतु दादीजी आदर्श माता थीं, उन्होंने इस प्रकार के प्रलोभनों की किंचित–मात्र भी परवाह न की और अपने बच्चों का किसी–ना–किसी प्रकार पालन करती रहीं।

मेहनत–मजदूरी तथा ब्राह्मणवृत्ति द्वारा कुछ धन एकत्रित हुआ। कुछ महानुभावों के कहने से पिताजी के किसी पाठशाला में शिक्षा पाने का प्रबंध कर दिया गया। श्री दादाजी ने भी कुछ प्रयत्न किया, उनका वेतन भी बढ़ गया और वह सात रुपये मासिक पाने लगे। इसके बाद उन्होंने नौकरी छोड़, पैसे तथा दुअन्नी, चवन्नी इत्यादि बेचने की दुकान की। पांच–सात आने रोज पैदा होने लगे। जो दुर्दिन आये थे, प्रयत्न तथा साहस से दूर होने लगे। इसका सब श्रेय हमारी दादीजी को ही है। जिस साहस तथा धैर्य से उन्होंने काम लिया वह वास्तव में किसी दैवी शक्ति की सहायता ही कही जाएगी। अन्यथा एक अशिक्षित ग्रामीण महिला का क्या सामर्थ्य है कि वह नितांत अपरिचित स्थान में जाकर मेहनत–मजदूरी करके अपना तथा अपने बच्चों का पेट पालन करते हुए उनको शिक्षित बनाए और फिर ऐसी परिस्थियों में, जबकि उसने कभी अपने जीवन में घर से बाहर पैर न रखा हो और जो ऐसे कट्टर देश की रहने वाली हो कि जहाँ पर प्रत्येक हिन्दू प्रथा का पूर्णतया पालन किया जाता हो, जहाँ के निवासी अपनी प्रथाओं की रक्षा के लिए प्राणों की जरा भी चिंता न करते हों। किसी ब्राह्मण, क्षत्रिय या वैश्य की कुलवधू का क्या साहस, जो डेढ़ हाथ का घूंघट निकाले बिना एक घर से दूसरे घर चली जाए।

शूद्र जाति की वधुओं के लिए भी यही नियम है कि वे रास्ते में बिना घूंघट निकाले न जाएं। शूद्रों का पहनावा ही अलग है, ताकि उन्हें देखकर ही दूर से पहचान लिया जाए कि यह किसी नीच जाति की स्त्री है। ये प्रथाएं इतनी प्रचलित हैं कि उन्होंने अत्याचार का रूप धारण कर लिया है। एक समय किसी चमार की वधू, जो अंग्रेज़ी राज्य से विवाह करके गई थी, कुल–प्रथानुसार ज़मींदार के घर पैर छूने के लिए गई। वह पैरों में बिछुवे पहने हुई थी और सब पहनावा चमारों का पहने थी। ज़मींदार महोदय की निगाह उसके पैरों पर पड़ी। पूछने पर मालूम हुआ कि चमार की बहू है। ज़मींदार साहब जूता पहनकर आए और उसके पैरों पर खड़े होकर इतने जोर से दबाया कि उसकी अंगुलियाँ कट गईं। उन्होंने कहा कि यदि चमारों की बहुएँ बिछुआ पहनेंगी तो ऊँची जाति के घर की स्त्रियाँ क्या पहनेंगी? ये लोग नितान्त अशिक्षित तथा मूर्ख हैं, किंतु जाति–अभिमान में चूर रहते हैं। गरीब–से–गरीब अशिक्षित ब्राह्मण

या क्षत्रिय, चाहे वह किसी आयु का हो, यदि शूद्र जाति की बस्ती में से गुजरे तो चाहे कितना ही धनी या वृद्ध कोई शूद्र क्यों न हो, उसे उठकर पालागन या जुहार करनी ही पड़ेगी। यदि ऐसा न करे तो उसी समय वह ब्राह्मण या क्षत्रिय उसे जूतों से मार सकता है। और सब उस शूद्र का ही दोष बताकर उसका तिरस्कार करेंगे ! यदि किसी कन्या या बहू पर व्यभिचारिणी होने का संदेह किया जाए तो उसे बिना किसी विचार के मारकर चंबल में प्रवाहित कर दिया जाता है। इसी प्रकार यदि किसी विधवा पर व्यभिचार या किसी प्रकार आचरण–भ्रष्ट होने का दोष लगाया जाए तो चाहे वह गर्भवती ही क्यों न हो, उसे तुरंत ही काटकर चंबल में पहुँचा दें और किसी को कानोंकान भी ख़बर न होने दें! वहाँ के मनुष्य भी सदाचारी होते हैं। वे सबकी बहू–बेटी को अपनी बहू–बेटी समझते हैं। स्त्रियों की मान–मर्यादा की रक्षा के लिए प्राण देने में भी कभी नहीं हिचकिचाते। इस प्रकार के देश में विवाहित होकर सब प्रकार की प्रथाओं को देखते हुए भी इतना साहस करना यह दादाजी का ही काम था।

परमात्मा की दया से दुर्दिन समाप्त हुए। पिताजी कुछ शिक्षा पा गए और एक मकान भी दादाजी ने खरीद लिया। दरवाज़े–दरवाज़े भटकने वाले कुटुंब को शांतिपूर्वक बैठने का स्थान मिल गया और फिर पिताजी का विवाह करने का विचार हुआ। दादीजी, दादाजी तथा पिताजी के साथ अपने मायके गईं। वहीं पिताजी का विवाह कर दिया। वहाँ दो–चार मास रहकर सब लोग वधू की विदा कराके साथ लिवा लाए।

गृहस्थ जीवन

विवाह हो जाने के पश्चात् पिताजी म्युनिसिपैलिटि में पंद्रह रुपये मासिक वेतन पर नौकर हो गए। उन्होंने कोई बड़ी शिक्षा प्राप्त न की थी। पिताजी को यह नौकरी पसंद ना आई। उन्होंने एक–दो साल के बाद नौकरी छोड़कर स्वतंत्र व्यवसाय आरंभ करने का प्रयत्न किया और कचहरी में सरकारी स्टाम्प बेचने लगे। उनके जीवन का अधिक भाग इसी व्यवसाय में व्यतीत हुआ। साधारण श्रेणी के गृहस्थ बनकर उन्होंने इसी व्यवसाय द्वारा अपनी संतानों को शिक्षा दी, अपने परिवार का पालन किया और अपने मुहल्ले के गणमान्य व्यक्तियों में गिने जाने

लगे। वह रुपये का लेन–देन भी करते थे। उन्होंने तीन बैलगाड़ियाँ भी बनाई थीं, जो किराये पर चला करती थीं। पिताजी को व्यायाम से प्रेम था। उनका शरीर बड़ा सुदृढ़–सुडौल था। वह नियमपूर्वक अखाड़े में कुश्ती लड़ा करते थे।

पिताजी के घर में एक पुत्र उत्पन्न हुआ, किंतु वह मर गया। उसके एक साल बाद (श्री रामप्रसाद) ने ज्येष्ठ शुक्ल पक्ष 11 सम्वत् 1954 विक्रमी को जन्म लिया। बड़े प्रयत्नों से मनौती मानकर अनेक गंडे, ताबीज तथा कवचों द्वारा श्री दादाजी ने इस शरीर की रक्षा के लिए प्रयत्न किया। संभवतः हमारे घर में बालकों का रोग प्रवेश कर गया था। अतएव जन्म लेने के एक या दो मास पश्चात् ही मेरे शरीर की अवस्था भी पहले बालक–जैसी होने लगी। किसी ने बताया कि सफेद खरगोश को मेरे शरीर पर घुमाकर जमीन पर छोड़ दिया जाए, यदि बीमारी होगी तो खरगोश तुरंत मर जाएगा। कहते हैं हुआ भी ऐसा ही। एक सफेद खरगोश मेरे शरीर पर से उतारकर जैसे ही जमीन पर छोड़ा गया, वैसे ही उसने तीन–चार चक्कर काटे और मर गया। मेरे विचार में किसी अंश में यह संभव भी है, क्योंकि औषधि तीन प्रकार की होती है– (1) दैविक, (2) मानुषिक (3) पैशाचिक। पैशाचिक औषधियों में अनेक प्रकार के पशु या पक्षियों के मांस अथवा रक्त का उपयोग किया जाता है, जिसका उपयोग वैद्यक के ग्रंथों में पाया जाता है। इनमें से एक प्रयोग बड़ा ही कोतूहलोत्पादक तथा आश्चर्यजनक यह है कि जिस बच्चे को सूखे की बीमारी हो गई हो, यदि उसके सामने चमगादड़ चीरकर लाया जाए तो एक–दो मास का बालक चमगादड़ को पकड़कर उसका खून चूस लेगा और बीमारी जाती रहेगी। यह बड़ी उपयोगी औषधि है और एक महात्मा की बतलाई हुई है।

जब मैं सात वर्ष का हुआ तो पिताजी ने स्वयं ही मुझे हिंदी अक्षरों का बोध कराया और एक मौलवी साहब के मकतब में उर्दू पढ़ने के लिए भेज दिया। मुझे भली–भांति स्मरण है कि पिताजी अखाड़े में कुश्ती लड़ने जाते थे और अपने से बलिष्ठ तथा शरीर में डेढ़ गुने पट्ठे को पटक देते थे। कुछ दिनों बाद पिताजी का एक बंगाली (श्री चटर्जी) महाशय से प्रेम हो गया। चटर्जी महाशय की अंग्रेज़ी दवा की दुकान थी। वह बड़े ही भारी नशेबाज थे। एक समय में आधा छटांक चरस की चिलम

उड़ाया करते थे। उन्हीं की संगति में पिताजी ने भी चरस पीना सीख लिया, जिसके कारण उनका शरीर नितांत नष्ट हो गया। दस वर्ष में ही संपूर्ण शरीर सूखकर हड्डियां निकल आईं। चटर्जी महाशय सुरापान भी करने लगे। अतएव उनका कलेजा बढ़ गया और उसी से उनका शरीरांत हो गया। मेरे बहुत–कुछ समझाने पर पिताजी ने अपनी चरस पीने की आदत को छोड़ा, किंतु बहुत दिनों के बाद।

मेरे बाद पाँच बहनों और तीन भाइयों का जन्म हुआ। दादीजी ने बहुत कहा कि कुल की प्रथा के अनुसार कन्याओं को मार डाला जाए, किंतु माताजी ने इसका विरोध किया और कन्याओं के प्राणों की रक्षा की। मेरे कुल में यह पहला ही समय था कि कन्याओं का पोषण हुआ। पर इनमें से दो बहनों और दो भाइयों का देहान्त हो गया। शेष एक भाई, जो इस समय (1927 में) दस वर्ष का है और तीन बहनें बचीं। माताजी के प्रयत्न से तीनों बहनों को अच्छी शिक्षा दी गई और उनके विवाह बड़ी धूमधाम से किए गए। इससे पूर्व हमारे कुल की कन्याएँ किसी को नहीं ब्याही गईं, क्योंकि वे जीवित ही नहीं रखी जाती थीं।

दादाजी बड़ी सरल प्रकृति के मनुष्य थे। जब तक वे जीवित रहे, पैसे बेचने का ही व्यवसाय करते रहे। उनको गाय पालने का बहुत बड़ा शौक था। स्वयं ग्वालियर जाकर बड़ी–बड़ी गायें खरीद लाते थे। वहाँ की गायें काफी दूध देती हैं। अच्छी गाय दस या पंद्रह सेर दूध देती हैं। ये गायें बड़ी सीधी भी होती हैं। दूध दोहन करते समय उनकी टांगें बांधने की आवश्यकता नहीं होती और जब जिसका जी चाहे बिना बच्चे के दूध दोहन कर सकता है। बचपन में मैं बहुधा जाकर गाय के थन में मुँह लगाकर दूध पिया करता था। वास्तव में वहाँ की गायें दर्शनीय होती हैं।

दादाजी मुझे खूब दूध पिलाया करते थे। उन्हें अट्ठारह गोटी (बघिया बग्घा) खेलने का बड़ा शौक था। शाम के समय नित्य शिव–मंदिर में जाकर दो घण्टे तक परमात्मा का भजन करते थे। उनका लगभग पचपन वर्ष की आयु में स्वर्गवास हुआ।

बाल्यकाल से ही पिताजी मेरी शिक्षा का अधिक ध्यान रखते थे और जरा–सी भूल करने पर बहुत पीटते थे। मुझे अब भी भली–भांति स्मरण है कि जब मैं देवनागरी के अक्षर लिखना सीख रहा था तो मुझे 'उ'

लिखवाया मैं न लिख सका। उन्हें मालूम हो गया कि मैं खेलने चला गया था इस पर उन्होंने मुझे बंदूक के लोहे के गज से इतना पीटा कि गज टेढ़ा पड़ गया। मैं भागकर दादाजी के पास चला गया, तब बचा। मैं छोटेपन से ही बहुत उद्दण्ड था। पिताजी के पर्याप्त शासन रखने पर भी बहुत उद्दण्डता करता था। एक समय किसी के बाग में जाकर आड़ू के वृक्षों में से सब आड़ू तोड़ डाले। माली पीछे दौड़ा, किंतु मैं उसके हाथ न आया। माली ने सब आड़ू पिताजी के सामने ला रखे। उस दिन पिताजी ने मुझे इतना पीटा कि मैं दो दिन तक उठ न सका। इसी प्रकार खूब पिटता था, किंतु उद्दण्डता अवश्य करता था। शायद उस बचपन की मार से ही यह शरीर बहुत कठोर तथा सहन–शील बन गया।

मेरी कुमारावस्था

जब में उर्दू का चौथा दर्जा पास करके पांचवें में आया उस समय मेरी अवस्था लगभग चौदह वर्ष की होगी। इसी बीच मुझे पिताजी के संदूक से रुपये–पैसे चुराने की आदत पड़ गई थी। इन पैसों से उपन्यास खरीदकर खूब पढ़ता। पुस्तक–विक्रेता महाशय पिताजी के जान–पहचान के थे। उन्होंने पिताजी से मेरी शिकायत की। अब मेरी कुछ जाँच होने लगी। मैंने उन महाशय के यहाँ से किताबें खरीदना ही छोड़ दिया। मुझमें दो–एक खराब आदतें भी पड़ गईं। मैं सिगरेट पीने लगा। कभी–कभी भंग भी जमा लेता था। कुमारावस्था में स्वतंत्रतापूर्वक–पैसे हाथ आ जाने से और उर्दू के प्रेम–रसपूर्ण उपन्यासों तथा गज़लों की पुस्तकों ने आचरण पर भी अपना कुप्रभाव दिखाना आरंभ कर दिया। घुन लगना आरंभ हुआ ही था कि परमात्मा ने बड़ी सहायता की। मैं एक रोज भंग पीकर पिताजी की संदूकची में से रुपए निकालने गया। नशे की हालत में होश ठीक न रहने के कारण संदूकची खटक गई। माताजी को संदेह हुआ। उन्होंने मुझे पकड़ लिया। चाभी पकड़ी गई। मेरे संदूक की तलाशी ली गई, बहुत से रुपए निकले और सारा भेद खुल गया। मेरी किताबों में अनेक उपन्यासादि पाए गए जो उसी समय फाड़ डाले गए।

परमात्मा की कृपा से मेरी चोरी पकड़ ली गई, नहीं तो दो–चार वर्ष में न दीन का रहता न दुनिया का। इसके बाद भी मैंने बहुत घातें

लगाईं, किंतु पिताजी ने संदूकची का ताला बदल दिया था। मेरी कोई चाल न चल सकी। अब जब कभी मौका मिल जाता तो माताजी के रुपयों पर हाथ फेर देता था। इसी प्रकार की बेकार आदतों के कारण दो बार उर्दू मिडिल की परीक्षा में उत्तीर्ण न हो सका। तब मैंने अंग्रेज़ी पढ़ने की इच्छा प्रकट की। पिताजी मुझे अंग्रेज़ी पढ़ाना न चाहते थे और किसी व्यवसाय में लगाना चाहते थे, किंतु माताजी की कृपा से मैं अंग्रेज़ी पढ़ने भेजा गया। दूसरे वर्ष जब मैं उर्दू मिडिल की परीक्षा में फेल हुआ उसी समय पड़ोस के देव–मंदिर में, जिसकी दीवार मेरे मकान से मिली थी, एक पुजारीजी आ गए। वह बड़े ही अच्छे चरित्र के व्यक्ति थे। मैं उनके पास उठने–बैठने लगा।

मैं मंदिर में आने–जाने लगा। कुछ पूजा–पाठ भी सीखने लगा। मुझ पर पुजारी जी के उपदेशों का बड़ा उत्तम प्रभाव हुआ। मैं अपना अधिकतर समय भजन–पूजन तथा पढ़ने में व्यतीत करने लगा। पुजारीजी मुझे ब्रह्मचर्य पालन का खूब उपदेश देते थे। वह मेरे पथ प्रदर्शक बने। मैंने एक–दूसरे सज्जन की देखा–देखी व्यायाम करना भी आरंभ कर दिया। अब तो मुझे भक्ति–मार्ग में कुछ आनन्द प्राप्त होने लगा और चार–पाँच महीने में ही व्यायाम भी खूब करने लगा। मेरी सब बुरी आदतें तथा कुभावनाएँ जाती रहीं। स्कूलों की छुट्टियाँ समाप्त होने पर मैंने मिशन स्कूल के अंग्रेज़ी के पाँचवें दर्जे में नाम लिखा लिया। इस समय तक मेरी और सब बुरी आदतें तो छूट गई थीं, किंतु सिगरेट पीना न छूटता था। मैं सिगरेट बहुत पीता था। एक दिन में पचास–साठ सिगरेट पी डालता था। मुझे बड़ा दुःख होता था कि मैं इस जीवन में सिगरेट पीने की बुरी आदत को न छोड़ सकूँगा। स्कूल में भर्ती होने के थोड़े दिनों बाद ही एक सहपाठी श्रीसुशीलचन्द्र सेन से कुछ विशेष स्नेह हो गया। उन्हीं की दया के कारण मेरा सिगरेट पीना भी छूट गया।

देव–मंदिर में भजन–पूजा की प्रवृत्ति को देखकर श्रीमुंशी इंद्रजीत जी ने मुझे संध्या करने का उपदेश दिया। मुंशीजी उस मंदिर में रहने वाले किसी महाशय के पास आया करते थे। व्यायामादि करने के कारण मेरा शरीर बड़ा सुगठित हो गया था और रंग निखर आया था। मैंने जानना चाहा कि संध्या क्या वस्तु है? मुंशीजी ने आर्य–समाज संबंधी कुछ उपदेश दिए। इसके बाद मैंने सत्यार्थप्रकाश पढ़ा। इससे तख्ता

ही पलट गया। सत्यार्थप्रकाश के अध्ययन ने मेरे जीवन के इतिहास में एक नवीन पृष्ठ खोल दिया। मैंने उसमें उल्लिखित ब्रह्मचर्य के कठिन नियमों का पालन करना आरंभ कर दिया। मैं एक कंबल को तख्त पर बिछाकर सोता और प्रातःकाल चार बजे से ही शैय्या–त्याग कर देता। स्नान–संध्यादि से निवृत्त होकर व्यायाम करता, किंतु मन की वृत्तियाँ ठीक न होतीं। मैंने रात्रि के समय भोजन करना त्याग दिया। केवल थोड़ा–सा दूध ही रात को पीने लगा। सहसा ही बुरी आदतों को छोड़ दिया था, इस कारण कभी–कभी स्वप्न दोष हो जाता। तब किसी सज्जन के कहने से मैंने नमक खाना भी छोड़ दिया। केवल उबालकर साग या दाल से एक समय भोजन करता। मिर्च–खटाई तो छूता भी न था। इस प्रकार पाँच वर्ष तक बराबर नमक न खाया। नमक के न खाने से शरीर के दोष दूर हो गए और मेरा स्वास्थ्य दर्शनीय हो गया। सब लोग मेरे स्वास्थ्य को आश्चर्य की दृष्टि से देखा करते थे।

मैं थोड़े दिनों में ही बड़ा कट्टर आर्यसमाजी हो गया। आर्यसमाज के अधिवेशन में आता–जाता। संन्यासी–महात्माओं के उपदेशों को बड़ी श्रद्धा से सुनता। जब कोई संन्यासी आर्यसमाज में आता तो उसकी हर प्रकार से सेवा करता, क्योंकि मेरी प्राणायाम सीखने की बड़ी उत्कट इच्छा थी। जिन संन्यासी का नाम सुनता शहर से तीन–चार मील उसकी सेवा के लिए जाता। फिर वह संन्यासी चाहे जिस मत का अनुयायी होता। जब मैं अंग्रेज़ी के सातवें दर्जे में था तब सनातनधर्मी पण्डित जगत प्रसादजी शाहजहाँपुर पधारे। उन्होंने आर्यसमाज का खण्डन करना प्रारम्भ किया। आर्यसमाजियों ने भी उनका विरोध किया और पंडित अखिलानंदजी को बुलाकर शास्त्रार्थ कराया। शास्त्रार्थ संस्कृत में हुआ। जनता पर अच्छा प्रभाव हुआ। मेरे कामों को देखकर मुहल्ले वालों ने पिताजी से मेरी शिकायत की। पिताजी ने मुझसे कहा कि आर्यसमाजी हार गए। अब तुम आर्य–समाज से अपना नाम कटा दो। मैंने पिताजी से कहा कि आर्यसमाज के सिद्धांत सार्वभौम हैं, उन्हें कौन हरा सकता है? अनेक वाद–विवाद के पश्चात् पिताजी जिद्द पकड़ गए कि आर्यसमाज को त्यागपत्र न देगा तो मैं तुझे रात को सोते समय मार दूँगा; या तो आर्यसमाज से त्यागपत्र दे दे, या घर छोड़ दे।

मैंने यह सोचा कि पिताजी का क्रोध यदि अधिक बढ़ गया और उन्होंने मुझ पर कोई वस्तु ऐसी दे पटकी कि जिससे बुरा परिणाम हुआ तो अच्छा न होगा। अतएव घर त्याग देना ही उचित है। मैं केवल एक कमीज पहने खड़ा था और पाजामा उतार कर धोती पहन रहा था। पाजामे के नीचे लंगोट बँधा था। पिताजी ने हाथ से धोती छीन ली और कहा, 'घर से निकल।' मुझे भी क्रोध आ गया। मैं पिताजी के पैर छूकर गृह त्यागकर चला गया। कहाँ जाऊँ कुछ समझ में न आया। शहर में किसी से जान–पहचान न थी कि जहां छिपा रहता। मैं जंगल की ओर चला गया। एक रात और एक दिन बाग में पेड़ पर बैठा रहा। भूख लगने पर खेतों में से हरे चने तोड़ कर खाए, नदी में स्नान किया और जलपान किया। दूसरे दिन संध्या के समय पंडित अखिलानन्दजी का व्याख्यान आर्यसमाज मंदिर में था। मैं आर्यसमाज मंदिर में गया। एक पेड़ के नीचे एकांत में खड़ा व्याख्यान सुन रहा था कि पिताजी दो मनुष्यों को लिए हुए आ पहुँचे और मैं पकड़ लिया गया। वह उसी समय पकड़कर स्कूल के हैडमास्टर के पास ले गए। हैडमास्टर साहब ईसाई थे। मैंने उन्हें सब वृत्तांत कह सुनाया। उन्होंने पिताजी को ही समझाया कि समझदार लड़के को मारना–पीटना ठीक नहीं। उन्होंने मुझे भी बहुत–कुछ उपदेश दिया। उस दिन से पिताजी ने कभी भी मुझ पर हाथ नहीं उठाया, क्योंकि मेरे घर से निकल जाने पर घर में बड़ा क्षोभ रहा। एक रात एक दिन किसी ने भोजन नहीं किया, सब बड़े दुःखी हुए कि अकेला पुत्र न जाने नदी में डूब गया या रेल से कट गया। पिताजी के हृदय को भी बड़ा भारी धक्का पहुँचा। उस दिन से वह मेरी प्रत्येक बात सहन कर लेते थे, अधिक विरोध न करते थे। मैं पढ़ने में बड़ा प्रयत्न करता था और अपने दर्जे में प्रथम उत्तीर्ण होता था। यह अवस्था आठवें दर्जे तक रही।

जब मैं आठवें दर्जे में था, उसी समय स्वामी श्रीसोमदेव जी सरस्वती आर्य–समाज, शाहजहाँपुर में पधारे। उनके व्याख्यानों का जनता पर बड़ा अच्छा प्रभाव हुआ। कुछ सज्जनों के अनुरोध से स्वामीजी कुछ दिनों के लिए शाहजहाँपुर आर्यसमाज मंदिर में ठहर गए। स्वामीजी की तबियत भी कुछ खराब थी, इस कारण शाहजहाँपुर का जलवायु लाभदायक देखकर वहाँ ठहरे थे। मैं उनके पास आया–जाया करता था। प्राणपण से मैंने स्वामीजी महाराज की सेवा की और इसी सेवा के परिणामस्वरूप

मेरे जीवन में नवीन परिवर्तन हो गया। मैं रात को दो–तीन बजे तक और दिन–भर उनकी सेवा–सुश्रूषा में उपस्थित रहता। अनेक प्रकार की औषधियों का प्रयोग किया। कतिपय सज्जनों ने बड़ी सहानुभूति दिखलाई, किंतु रोग का उपचार न हो सका। स्वामीजी मुझे अनेक प्रकार के उपदेश दिया करते थे। मैं उन उपदेशों को श्रवण कर कार्य–रूप में परिणत करने का पूरा प्रयत्न करता। वास्तव में वह मेरे गुरुदेव तथा पथ–प्रदर्शक थे। उनकी शिक्षाओं ने ही मेरे जीवन में आत्मिक–बल का संचार किया जिनके संबंध में मैं पृथक् वर्णन करूँगा।

कुछ नवयुवकों ने मिलकर आर्यसमाज मंदिर में 'आर्य कुमार सभा' खोली थी, जिनके साप्ताहिक अधिवेशन प्रत्येक शुक्रवार को हुआ करते थे। वहीं पर धार्मिक पुस्तकों का पठन, विषय विशेष पर निबंध–लेखन और पठन तथा वाद–विवाद होता था। कुमार–सभा से ही मैंने जनता के सम्मुख बोलने का अभ्यास किया। बहुधा कुमार–सभा के नवयुवक मिलकर शहर के मेलों में प्रचारार्थ जाया करते थे। बाजारों में व्याख्यान देकर आर्यसमाज के सिद्धांतों का प्रचार करते थे। ऐसा करते–करते मुसलमानों से बहस होने लगी। अतएव पुलिस ने झगड़े का भय देखकर बाजारों में व्याख्यान देना बंद करा दिया। आर्यसमाज के सदस्यों ने कुमार–सभा के प्रयत्न को देखकर उस पर अपना शासन जमाना चाहा, किंतु कुमार किसी का अनुचित शासन कब मानने वाले थे। आर्यसमाज के मंदिर में ताला डाल दिया गया कि कुमार–सभा वाले आर्यसमाज मंदिर में अधिवेशन न करें। यह भी कहा गया कि यदि वे वहाँ अधिवेशन करेंगे, तो पुलिस को बुलाकर उन्हें मंदिर से निकलवा दिया जाएगा। कई महीनों तक हम लोग मैदान में अपनी सभा के अधिवेशन करते रहे, किंतु बालक ही तो थे, कब तक इस प्रकार कार्य चला सकते थे? कुमार–सभा टूट गई। तब आर्यसमाजियों को शांति हुई।

कुमार–सभा ने अपने शहर में तो नाम पाया ही था। जब लखनऊ में कांग्रेस हुई तो अखिल भारतीय कुमार सम्मेलन का भी वार्षिक अधिवेशन वहाँ हुआ। उस अवसर पर सबसे अधिक पुरस्कार लाहौर और शाहजहाँपुर की कुमार–सभाओं ने पाए थे, जिनकी प्रशंसा समाचार–पत्रों में प्रकाशित हुई थी। उन्हीं दिनों मिशन स्कूल के एक विद्यार्थी से मेरा परिचय हुआ। वह कभी–कभी कुमार–सभा में आ जाया करते थे। मेरे

भाषण का उन पर अधिक प्रभाव हुआ। वैसे तो वह मेरे मकान के निकट ही रहते थे, किंतु आपस में कोई मेल न था। बैठने–उठने से आपस में प्रेम बढ़ गया। वह एक गाँव के निवासी थे। जिस गाँव में उनका घर था वह गाँव बड़ा प्रसिद्ध है। वहाँ का प्रत्येक निवासी अपने घर में बिना लाइसेंस अस्त्र–शस्त्र रखता है। बहुत से लोगों के यहाँ बंदूक तथा तमंचे भी रहते हैं, जो गाँव में ही बन जाते हैं। ये सब टोपीदार होते हैं। उन महाशय के पास भी एक नाली का छोटा–सा पिस्तौल था जिसे वह अपने साथ शहर में रखते थे। जब मुझसे अधिक प्रेम बढ़ा तो उन्होंने वह पिस्तौल मुझे रखने के लिए दी। इस प्रकार के हथियार रखने की मेरी उत्कट इच्छा थी, क्योंकि मेरे पिता के कई शत्रु थे, जिन्होंने पिताजी पर अकारण ही लाठियों से प्रहार किया था। मैं चाहता था कि यदि पिस्तौल मिल जाए तो मैं पिताजी के शत्रुओं को मार डालूँ। यह एक नाली का पिस्तौल वह महाशय अपने पास रखते तो थे, किंतु उसको चलाकर न देखा था। मैंने उसे चलाकर देखा तो वह नितांत बेकार सिद्ध हुआ। मैंने उसे ले जाकर एक कोने में डाल दिया। उस महाशय से स्नेह इतना बढ़ गया कि सायंकाल को मैं अपने घर में खीर की थाली ले जाकर उनके साथ–साथ उनके मकान पर ही भोजन किया करता था। वह मेरे साथ श्रीस्वामी सोमदेवजी के पास भी जाया करते थे। उनके पिता जब शहर आए तो उनको यह बड़ा बुरा मालूम हुआ। उन्होंने मुझसे अपने लड़के के पास न आने या उसे कहीं साथ न ले जाने के लिए बहुत ताड़ना की और कहा कि यदि मैं उनका कहना न मानूँगा तो वह गाँव से आदमी लाकर मुझे पिटवाएँगे। मैंने उनके पास आना–जाना छोड़ दिया, किंतु वह महाशय मेरे यहाँ आते–जाते रहे।

लगभग अट्ठारह वर्ष की आयु तक मैं रेल पर न चढ़ा था। मैं इतना दृढ़ सत्यवक्ता हो गया था कि एक समय रेल पर चढ़कर तीसरे दर्जे का टिकट खरीदा था, पर इंटर क्लास में बैठकर दूसरों के साथ–साथ चला गया। इस बात से मुझे बड़ा खेद हुआ। मैंने अपने साथियों से अनुरोध किया कि यह तो एक प्रकार की चोरी है। सबको मिलकर इंटर क्लास का भाड़ा स्टेशन मास्टर को दे देना चाहिए। एक समय मेरे पिताजी दीवानी में किसी पर दावा करके वकील से कह गए थे कि जो काम हो वह मुझसे करा लें। कुछ आवश्यकता पड़ने पर वकील साहब ने मुझे

बुला भेजा और कहा कि मैं पिताजी के हस्ताक्षर वकालतनामे पर कर दूँ। मैंने तुरंत उत्तर दिया कि यह तो धर्मविरुद्ध होगा, इस प्रकार का पाप मैं कदापि नहीं कर सकता। वकील साहब ने बहुत कुछ समझाया कि एक सौ रुपये से अधिक का दावा है, मुकदमा खारिज हो जाएगा। किंतु मुझ पर कुछ भी प्रभाव न हुआ, न मैंने हस्ताक्षर किए। अपने जीवन में सर्वप्रकारेण सत्य का आचरण करता था, चाहे कुछ हो जाए, सत्य बात कह देता था।

मेरी माता मेरे धर्म–कार्यों में तथा शिक्षादि में बड़ी सहायता करती थीं। वह प्रातःकाल चार बजे ही मुझे जगा दिया करती थीं। मैं नित्य–प्रति नियमपूर्वक हवन किया करता था। मेरी छोटी बहन का विवाह करने के निमित्त माताजी और पिताजी ग्वालियर गए। मैं और श्री दादीजी शाहजहाँपुर में ही रह गए, क्योंकि मेरी वार्षिक परीक्षा थी। परीक्षा समाप्त करके मैं भी बहन के विवाह में सम्मिलित होने को गया। बारात आ चुकी थी। मुझे गाँव के बाहर ही मालूम हो गया कि बारात में वेश्या आई है। मैं घर न गया और न बारात में सम्मिलित हुआ। मैंने विवाह में कोई भी भाग न लिया। मैंने माताजी से थोड़े से रुपए माँगे। माताजी ने मुझे लगभग 125 रुपये दिए, जिनको लेकर मैं ग्वालियर गया। यह अवसर रिवाल्वर खरीदने का अच्छा हाथ लगा। मैंने सुन रखा था कि रियासत में बड़ी आसानी से हथियार मिल जाते हैं। बड़ी खोज की। टोपीदार बंदूक तथा पिस्तौल तो मिलते थे, किंतु कारतूसी हथियारों का कहीं पता नहीं लगा। पता लगा भी तो एक महाशय ने मुझे ठग लिया और 75 रुपये में टोपीदार पाँच फायर करने वाला एक रिवाल्वर दिया। रियासत की बनी हुई बारूद और थोड़ी–सी टोपियां दे दीं। मैं इसी को लेकर बड़ा प्रसन्न हुआ। सीधा शाहजहाँपुर पहुँचा। रिवाल्वर को भरकर चलाया तो गोली केवल पंद्रह या बीस गज पर ही गिरी, क्योंकि बारूद अच्छी न थी। मुझे बड़ा खेद हुआ। माताजी जब लौटकर शाहजहाँपुर आईं तो उन्होंने मुझसे पूछा कि क्या लाए? मैंने कुछ कह कर टाल दिया। रुपये सब खर्च हो गए। शायद एक गिन्नी बची थी, सो मैंने माताजी को लौटा दी।

मुझे जब किसी बात के लिए धन की आवश्यकता होती तो मैं माताजी से कहता और वह मेरी माँग पूरी कर देती थीं। मेरा स्कूल घर से एक मील दूर था। मैंने माताजी से प्रार्थना की कि मुझे साइकिल

ले दें। उन्होंने लगभग एक सौ रुपए दिए। मैंने साइकिल खरीद ली। उस समय अंग्रेज़ी के नवें दर्जे में आ गया था। किसी धार्मिक या देश संबंधी पुस्तक पढ़ने की इच्छा होती तो माता जी से ही दाम ले जाता। लखनऊ कांग्रेस जाने के लिए मेरी बड़ी इच्छा थी। दादीजी और पिताजी तो बहुत विरोध करते रहे, किंतु माताजी ने मुझे खर्च दे ही दिया। उसी समय शाहजहाँपुर में सेवा–समिति का आरंभ हुआ था। मैं बड़े उत्साह के साथ सेवा–समिति में सहयोग देता था। पिताजी और दादीजी को मेरे इस प्रकार के कार्य अच्छे न लगते थे, किंतु माताजी मेरा उत्साह भंग न होने देती थीं, जिसके कारण उन्हें बहुधा पिताजी की डांट–फटकार तथा दण्ड भी सहन करना पड़ता था। वास्तव में, मेरी माताजी स्वर्गीय देवी हैं। मुझमें जो कुछ जीवन तथा साहस आया, वह मेरी माताजी तथा गुरुदेव श्रीसोमदेव जी की कृपाओं का ही परिणाम है। दादीजी तथा पिताजी मेरे विवाह के लिए बहुत अनुरोध करते, किंतु माताजी यही कहतीं कि शिक्षा पा चुकने के बाद ही विवाह करना उचित होगा। माताजी के प्रोत्साहन तथा सद्व्यवहार ने मेरे जीवन में वह दृढ़ता उत्पन्न की कि किसी आपत्ति तथा संकट के आने पर भी मैंने अपने संकल्प को न त्यागा।

मेरी माँ

ग्याहर वर्ष की आयु में माताजी विवाह कर शाहजहाँपुर आई थीं। उस समय वह नितांत अशिक्षित एक ग्रामीण कन्या के समान थीं। शाहजहाँपुर आने के थोड़े दिनों बाद श्री दादीजी ने अपनी छोटी बहन को बुला लिया। उन्होंने माताजी को गृह–कार्य की शिक्षा दी। थोड़े दिनों में माताजी ने घर के सब काम–काज को समझ लिया ओर भोजनादि का ठीक–ठीक प्रबंध करने लगीं। मेरे जन्म होने के पाँच या सात वर्ष बाद उन्होंने हिंदी पढ़ना आरंभ किया। पढ़ने का शौक उन्हें खुद ही पैदा हुआ था। मुहल्ले की सखी–सहेली जो घर पर आया करती थीं, उन्हीं में जो कोई शिक्षित थीं, माताजी उनसे अक्षर बोध करतीं। इस प्रकार, घर का सब काम कर चुकने के बाद जो कुछ समय मिल जाता, उसमें देवनागरी पुस्तकों का अवलोकन करने लगीं। मेरी बहनों को छोटी आयु

में, माताजी ही शिक्षा दिया करती थीं। जब से मैंने आर्यसमाज में प्रवेश किया, तब से माताजी से खूब वार्तालाप होता। उस समय की अपेक्षा अब उनके विचार भी कुछ उदार हो गए हैं। यदि मुझे ऐसी माता न मिलतीं, तो मैं भी अति साधारण मनुष्यों की भांति संसार–चक्र में फंसकर जीवन निर्वाह करता। शिक्षादि के अतिरिक्त क्रांतिकारी जीवन में भी उन्होंने मेरी वैसी ही सहायता की है, जैसे मेजिनी को उनकी माता ने की थी। यथासमय मैं उन सारी बातों का उल्लेख करूँगा। माताजी का सबसे बड़ा आदेश मेरे लिए यही था कि किसी की प्राण–हानि न हो। उनका कहना था कि अपने शत्रु को भी कभी प्राण–दण्ड न देना। उनके इस आदेश की पूर्ति करने के लिए मुझे मजबूरन दो–एक बार अपनी प्रतिज्ञा भंग भी करनी पड़ी थी।

जन्मदात्री जननी! इस जीवन में तो तुम्हारा ऋण उतारने के प्रयत्न करने का भी अवसर न मिला। इस जन्म में तो क्या यदि अनेक जन्मों में भी सारा जीवन प्रयत्न करूँ तो भी तुमसे उऋण नहीं हो सकता। जिस प्रेम तथा दृढ़ता के साथ तुमने इस तुच्छ जीवन का सुधार किया है, वह अवर्णनीय है। मुझे जीवन की प्रत्येक घटना का स्मरण है कि तुमने किस प्रकार अपनी देव–वाणी का उपदेश करके मेरा सुधार किया है। तुम्हारी दया से ही मैं देश–सेवा में संलग्न हो सका। धार्मिक जीवन में भी तुम्हारे ही प्रोत्साहन ने सहायता दी। जो कुछ शिक्षा मैंने ग्रहण की उसका भी श्रेय तुम्हीं को है। जिस मनोहर रूप से तुम मुझे उपदेश करती थीं, उसका स्मरण कर तुम्हारी मंगलमयी मूर्ति का ध्यान आ जाता है और मस्तक झुक जाता है। तुम्हें यदि मुझे ताड़ना भी देनी हुई, तो बड़े स्नेह से हर एक बात को समझा दिया। यदि मैंने धृष्टतापूर्ण उत्तर दिया तब तुमने प्रेम भरे शब्दों में यही कहा कि तुम्हें जो अच्छा लगे, वह करो, किंतु ऐसा करना ठीक नहीं, इसका परिणाम अच्छा न होगा। जीवनदात्री! तुमने इस शरीर को जन्म देकर केवल पालन–पोषण ही नहीं किया किंतु आत्मिक, धार्मिक तथा सामाजिक उन्नति में तुम्हीं मेरी सदैव सहायक रहीं। जन्म–जन्मांतर में परमात्मा ऐसी ही माता दें।

बड़े से बड़े संकट में भी तुमने मुझे अधीर नहीं होने दिया। सदैव अपनी प्रेम भरी वाणी को सुनाते हुए मुझे सांत्वना देती रहीं। तुम्हारी दया की छाया में मैंने अपने जीवन–भर में कोई कष्ट अनुभव न किया।

इस संसार में मेरी किसी भी भोग–विलास तथा ऐश्वर्य की इच्छा नहीं। केवल एक तृष्णा है, वह यह कि एक बार श्रद्धापूर्वक तुम्हारे चरणों की सेवा करके अपने जीवन को सफल बना लेता। किंतु यह इच्छा पूर्ण होती दिखाई नहीं देती और तुम्हें मेरी मृत्यु की दुःखभरी सूचना सुनाई जाएगी। माँ! मुझे विश्वास है कि तुम यह समझ कर धैर्य धारण करोगी कि तुम्हारा पुत्र माताओं की माता–भारत माता की सेवा में अपने जीवन को बलि–वेदी पर भेंट कर गया और उसने तुम्हारी कोख को कलंकित न किया, अपनी प्रतिज्ञा पर दृढ़ रहा। जब स्वाधीन भारत का इतिहास लिखा जाएगा, तो उसके किसी पृष्ठ पर उज्ज्वल अक्षरों में तुम्हारा भी नाम लिखा जाएगा। गुरु गोबिन्दसिंहजी की धर्मपत्नी ने जब अपने पुत्रों की मृत्यु की सूचना सुनी थी, तो बहुत हर्षित हुई थीं और गुरु के नाम पर धर्म–रक्षार्थ अपने पुत्रों के बलिदान पर मिठाई बाँटी थी। जन्मदात्री! वर दो कि अन्तिम समय भी मेरा हृदय किसी प्रकार विचलित न हो और तुम्हारे चरण कमलों को प्रणाम कर मैं परमात्मा का स्मरण करता हुआ शरीर त्याग करूँ।

मेरे गुरुदेव

माताजी के अतिरिक्त जो कुछ जीवन तथा शिक्षा मैंने प्राप्त की वह पूज्यपाद श्री 108 स्वामी सोमदेव जी की कृपा का परिणाम है। आपका नाम श्रीयुत ब्रजलाल चोपड़ा था। पंजाब के लाहौर शहर में आपका जन्म हुआ था। आपका परिवार प्रसिद्ध था, क्योंकि आपके दादा महाराजा रणजीतसिंह के मंत्रियों में से एक थे। आपके जन्म के कुछ समय पश्चात् आपकी माता का देहांत हो गया था। आपकी दादी ने ही आपका पालन–पोषण किया था। आप अपने पिता की अकेली संतान थे। जब आप बड़े हुए तो चाचियों ने दो–तीन बार आपको जहर देकर मार देने का प्रयत्न किया, ताकि उनके लड़कों को ही जायदाद का अधिकार मिल जाए। आपके चाचा आप पर बड़ा स्नेह रखते थे और शिक्षादि की ओर विशेष ध्यान रखते थे। अपने चचेरे भाइयों के साथ–साथ आप भी अंग्रेज़ी स्कूल में पढ़ते थे। जब आपने एंट्रेन्स की परीक्षा दी तो परीक्षा–फल प्रकाशित होने पर आप यूनिवर्सिटी में प्रथम

आए और चाचा के लड़के फेल हो गए। घर में बड़ा शोक मनाया गया। दिखाने के लिए भोजन तक नहीं बना। आपकी प्रशंसा तो दूर, किसी ने उस दिन भोजन करने को भी न पूछा और बड़ी उपेक्षा की दृष्टि से देखा। आपका हृदय पहले से ही घायल था, इस घटना से आपके जीवन को और भी बड़ा आघात पहुँचा।

चाचाजी के कहने–सुनने पर कॉलेज में नाम लिखा तो लिया, किंतु बड़े उदासीन रहने लगे। आपके हृदय में दया बहुत थी। बहुधा अपनी किताबें तथा कपड़े दूसरे सहपाठियों को बांट दिया करते थे। नये कपड़े बाँटकर पुराने कपड़े स्वयं पहना करते थे। एक–दो बार चाचाजी से दूसरे लोगों ने कहा कि ब्रजलाल को कपड़े भी आप नहीं बनवा देते, जो वह पुराने फटे कपड़े पहने फिरते हैं! चाचाजी को बड़ा आश्चर्य हुआ क्योंकि उन्होंने कई जोड़े कपड़े थोड़े दिनों पहले ही बनवाए थे। आपके संदूकों की तलाशी ली गई। उनमें दो–चार जोड़ी पुराने कपड़े निकले, तब चाचाजी ने पूछा तो मालूम हुआ कि वे नये कपड़े निर्धन विद्यार्थियों को बांट दिया करते हैं। चाचाजी ने कहा कि जब कपड़े बाँटने की इच्छा हो कह दिया करो। आप बहुधा निर्धन विद्यार्थियों को अपने घर पर ही भोजन कराया करते थे। चाचियों तथा चचेरे भाइयों के व्यवहार से आपको बड़ा क्लेश होता था। इसी कारण से आपने विवाह न किया। घरेलू दुर्व्यवहार से दुःखी होकर आपने घर त्याग देने का निश्चय कर लिया और एक रात को जब सब सो रहे थे, चुपचाप उठकर घर से निकल गए। कुछ भी सामान साथ न लिया। बहुत दिनों तक इधर–उधर भटकते रहे। भटकते–भटकते आप हरिद्वार पहुँचे। वहाँ एक सिद्ध योगी से भेंट हुई। श्रीब्रजलालजी को जिस वस्तु की इच्छा थी, वह प्राप्त हो गई। उसी स्थान पर रहकर श्रीब्रजलालजी ने योग–विद्या की पूर्ण शिक्षा पाई। योगीराज की कृपा से आप 18–20 घण्टे की समाधि लगा लेने लगे। कई वर्ष तक आप वहाँ रहे। इस समय आपको योग का इतना अभ्यास हो गया था कि अपने शरीर को आप इतना हल्का कर लेते थे कि पानी पर पृथ्वी समान चले जाते थे। अब आपको देश–भ्रमण तथा अध्ययन करने की इच्छा हुई। अनेक स्थानों में भ्रमण करते हुए अध्ययन करते रहे। जर्मनी तथा अमेरिका से बहुत पुस्तकें मंगाईं, जो शास्त्रों के संबंध में थीं।

जब लाला लाजपतराय को देश–निर्वासन का दण्ड मिला था, उस समय आप लाहौर में थे। वहाँ आपने एक समाचार–पत्र की संपादकी के लिए डिक्लेरेशन दाखिल किया। डिप्टी कमिश्नर उस समय किसी के भी समाचार–पत्र के डिक्लेरेशन को स्वीकार न करता था। जब आपसे भेंट हुई, तो वह बड़ा प्रभावित हुआ और उसने डिक्लेरेशन मंजूर कर लिया। अखबार का पहला ही अग्रलेख 'अंग्रेजों को चेतावनी' के नाम से निकाला। लेख इतना उत्तेजनापूर्ण था कि थोड़ी देर में ही समाचार–पत्र की सब प्रतियाँ बिक गईं और जनता के अनुरोध पर उसी अंक का दूसरा संस्करण प्रकाशित करना पड़ा। डिप्टी कमिश्नर के पास रिर्पोट हुई। उसने आपको दर्शनार्थ बुलाया। वह बड़ा क्रुद्ध था। लेख को पढ़कर काँपता, और क्रोध में आकर मेज पर हाथ दे मारता था। किंतु अंतिम शब्दों को पढ़कर चुप हो जाता। उस लेख के कुछ शब्द यों थे कि यदि अंग्रेज अब भी न समझेंगे तो वह दिन दूर नहीं कि सन् 1857 के दृश्य फिर दिखाई दें और अंग्रेजों के बच्चों को कत्ल किया जाए, उनकी महिलाओं की बेइज्जती हो, इत्यादि। किंतु 'यह सब स्वप्न है', 'यह सब स्वप्न है' इन्हीं शब्दों को पढ़कर डिप्टी कमिश्नर कहता कि हम तुम्हारा कुछ नहीं कर सकते।

स्वामी सोमदेव भ्रमण करते हुए बंबई पहुँचे। वहाँ पर आपके उपदेशों को सुनकर जनता पर बड़ा प्रभाव पड़ा। एक व्यक्ति, जो श्रीयुत अबुल कलाम आजाद के बड़े भाई थे, आपका व्याख्यान सुनकर मोहित हो गए। वह आपको अपने घर ले गए। इस समय तक आप गेरुआ वस्त्र न पहनते थे। केवल एक लुंगी और कुर्ता पहनते थे, और साफा बांधते थे। श्रीयुत अबुल कलाम आजाद के पूर्वज अरब के निवासी थे। आपके पिता के बंबई में बहुत से प्रशंसक थे और कथा की तरह कुछ धार्मिक ग्रंथ पढ़ने पर हजारों रुपये चढ़ावे में आया करते थे वह सज्जन इतने मोहित हो गए कि उन्होंने धार्मिक कथाओं का पाठ करने के लिए जाना ही छोड़ दिया। वह दिन–रात आपके पास ही बैठे रहते। जब आप उनसे कहीं जाने को कहते तो वह रोने लगते ओर कहते कि मैं तो आपके आत्मिक ज्ञान के उपदेशों पर मोहित हूँ। मुझे संसार में किसी वस्तु की इच्छा नहीं। आपने एक दिन नाराज होकर उनके धीरे से चपत मार दी जिससे वे दिन–भर रोते रहे। उनको घर वालों तथा शिष्यों ने बहुत समझाया

किंतु वह धार्मिक कथा कहने न जाते। यह देखकर उनके मुरीदों को बड़ा क्रोध आया कि हमारे धर्मगुरु एक काफिर के चक्कर में फंस गए हैं। एक संध्या को स्वामीजी अकेले समुद्र के तट पर भ्रमण करने गए थे कि कई मुरीद मकान पर बंदूक लेकर स्वामीजी को मार डालने के लिए आए। यह समाचार जानकर उन्होंने स्वामीजी के प्राणों का भय देखकर स्वामीजी से बंबई छोड़ देने की प्रार्थना की। प्रातःकाल एक स्टेशन पर स्वामीजी को तार मिला कि आपके श्रीअबुल कलाम आजाद के भाई साहब ने आत्महत्या कर ली। तार पाकर आपको बड़ा दुःख हुआ। जिस समय आपको इन बातों का स्मरण हो आता था तो बड़े दुःखी होते थे। मैं एक संध्या के समय आपके निकट बैठा था, अंधेरा काफी हो गया था। स्वामीजी ने बड़ी गहरी ठंडी सांस ली। मैंने चेहरे की ओर देखा तो आँखों से आंसू बह रहे थे। मुझे बड़ा आश्चर्य हुआ। मैंने कई घण्टों प्रार्थना की, तब आपने उपरोक्त विवरण सुनाया।

अंग्रेज़ी की योग्यता आपकी बड़ी उच्चकोटि की थी। आपका शास्त्र विषयक ज्ञान बड़ा गंभीर था। आप बड़े निर्भीक वक्ता थे। आपकी योग्यता को देखकर एक बार मद्रास की कांग्रेस कमेटी ने आपको अखिल भारतीय कांग्रेस का प्रतिनिधि चुनकर भेजा था। आगरा को आर्य मित्र सभा के वार्षिकोत्सव पर आपके व्याख्यानों को श्रवण कर राजा महेन्द्र प्रतापजी बड़े मुग्ध हुए थे। राजा साहब ने आपके पैर छुए और आपको अपनी कोठी पर लिवा ले गए। उस समय राजा साहब बहुधा आपके उपदेश सुना करते और आपको अपना गुरु मानते थे। इतना साफ निर्भीक बोलने वाला मैंने आज तक नहीं देखा। सन् 1913 ई. में मैंने आपका पहला व्याख्यान शाहजहाँपुर में सुना था। आर्यसमाज के वार्षिकोत्सव पर आप पधारे थे। उस समय आप बरेली में निवास करते थे। आपका शरीर बहुत कमजोर था, क्योंकि आपको एक अजीब रोग हो गया था। आप जब शौच जाते थे, तब आपके खून गिरता था। कभी दो छटांक, कभी चार छटांक और कभी–कभी तो एक सेर तक खून गिर जाता था। बवासीर आपको नहीं थी। ऐसा कहते थे कि किसी प्रकार योग की क्रिया बिगड़ जाने से पेट की आंत में कुछ विकार उत्पन्न हो गया। आंत सड़ गई। पेट चिरवाकर आंत कटवानी पड़ी और तभी से यह रोग हो गया था। बड़े–बड़े वैद्य डॉक्टरों की औषधि की किंतु कुछ

लाभ न हुआ। इतने कमजोर होने पर भी जब व्याख्यान देते तब इतने जोर से बोलते कि तीन–चार फर्लांग से आपका व्याख्यान साफ सुनाई देता था। दो–तीन वर्ष तक आपको हर साल आर्यसमाज के वार्षिकोत्सव पर बुलाया जाता। सन् 1915 ई. में कतिपय सज्जनों की प्रार्थना पर आप आर्यसमाज मंदिर शाहजहाँपुर में ही निवास करने लगे। इसी समय से मैंने आपकी सेवा–सुश्रुषा में समय व्यतीत करना आरंभ कर दिया।

स्वामीजी मुझे धार्मिक तथा राजनीतिक उपदेश देते थे और इस प्रकार की पुस्तकें पढ़ने का भी आदेश करते थे। राजनीति में भी आपका ज्ञान उच्चकोटि का था। लाला हरदयाल का आपसे बहुत परामर्श होता था। एक बार महात्मा मुंशीरामजी (स्वर्गीय स्वामी श्रद्धानन्दजी) को आपने पुलिस के प्रकोप से बचाया। आचार्य रामदेव तथा श्रीकृष्णजी से आपका बड़ा स्नेह था। राजनीति में आप मुझसे अधिक खुलते न थे। आप मुझसे बहुधा कहा करते थे कि एंट्रेन्स पास कर लेने के बाद यूरोप–यात्रा अवश्य करना। इटली जाकर महात्मा मेजिन की जन्म भूमि के दर्शन अवश्य करना। सन् 1916 ई. में लाहौर षड्यंत्र का मामला चला। मैं समाचार–पत्रों में उसका सब वृत्तांत बड़े चाव से पढ़ा करता था। श्रीयुत भाई परमानन्दजी में मेरी बड़ी श्रद्धा थी, क्योंकि उनकी लिखी हुई 'तवारीख हिन्द' पढ़कर मेरे हृदय पर बड़ा प्रभाव पड़ा था। लाहौर षड्यंत्र का फैसला अखबारों में छपा। भाई परमानन्दजी को फाँसी की सजा पढ़कर मेरे शरीर में आग लग गई। मैंने विचारा कि अंग्रेज बड़े अत्याचारी हैं, इनके राज्य में न्याय नहीं, जो इतने बड़े महानुभाव को फाँसी की सजा का हुक्म दे दिया। मैंने प्रतिज्ञा की कि इस का बदला अवश्य लूँगा। जीवन–भर अंग्रेज़ी राज्य को विध्वंस करने का प्रयत्न करता रहूँगा। इस प्रकार की प्रतिज्ञा कर चुकने के पश्चात् मैं स्वामीजी के पास आया। सब समाचार सुनाए और अखबार दिया। अखबार पढ़कर स्वामीजी जी बड़े दुःखी हुए। तब मैंने अपनी प्रतिज्ञा के संबंध में कहा। स्वामीजी कहने लगे कि प्रतिज्ञा करना सरल है, किंतु उस पर दृढ़ रहना कठिन है। मैंने स्वामीजी को प्रणाम कर उत्तर दिया कि यदि श्रीचरणों की कृपा बनी रहेगी तो प्रतिज्ञा–पूर्ति में किसी प्रकार की त्रुटि न करूँगा। उस दिन से स्वामीजी कुछ–कुछ खुले। आप बहुत–सी बातें बताया करते थे। उसी दिन से मेरे क्रांतिकारी जीवन का सूत्रपात हुआ। यद्यपि

आप आर्य–समाज के सिद्धांतों को सर्वप्रकारेण मानते थे किंतु परमहंस रामकृष्ण, स्वामी विवेकानन्द, स्वामी रामतीर्थ तथा महात्मा कबीरदास के उपदेशों का वर्णन प्रायः किया करते थे।

धार्मिक तथा आत्मिक जीवन में जो दृढ़ता मुझ में उत्पन्न हुई, वह स्वामीजी महाराज के सदुपदेशों का ही परिणाम है। आपकी दया से ही मैं ब्रह्मचर्य–पालन में सफल हुआ। आपने मेरे भविष्य–जीवन के संबंध में जो–जो बातें कही थीं, वे अक्षरशः सत्य हुईं। आप कहा करते थे कि दुःख है कि यह शरीर न रहेगा ओर तेरे जीवन में बड़ी विचित्र–विचित्र समस्याएँ आएँगी, जिनको सुलझाने वाला कोई न मिलेगा। यदि यह शरीर नष्ट न हुआ, जो असंभव है, तो तेरा जीवन भी संसार में एक आदर्श जीवन होगा। मेरा दुर्भाग्य था कि आपके अंतिम दिन बहुत निकट आ गए, तब आपने मुझे योगाभ्यास संबंधी कुछ क्रियाएँ बताने की इच्छा प्रकट की, किंतु आप इतने दुर्बल हो गए थे कि जरा–सा परिश्रम करने या दस–बीस कदम चलने पर ही आपको बेहोशी आ जाती थी। आप फिर कभी इस योग्य न हो सके कि कुछ देर बैठ कर कुछ क्रियाएँ मुझे बता सकते। आपने कहा था, मेरा योग भ्रष्ट हो गया। प्रयत्न करूँगा, मरण समय पास रहना, मुझसे पूछ लेना कि मैं कहाँ जन्म लूँगा। संभव है कि मैं बता सकूँ। नित्य–प्रति सेर–आध–सेर खून गिर जाने पर भी कभी क्षुब्ध न होते थे। आपकी आवाज भी कमजोर न हुई। जैसे अद्वितीय आप वक्ता थे, वैसे ही आप लेखक भी थे। आपके कुछ लेख तथा पुस्तकें आपके एक भक्त के पास थी, जो यों ही नष्ट हो गईं। कुछ लेख तथा पुस्तकें श्री स्वामी अनुभवानन्दजी शांत ले गए थे। कुछ लेख आपने प्रकाशित भी करवाए थे। लगभग 48 वर्ष की आयु में आपने इहलोक त्याग किया। इस स्थान पर मैं महात्मा कबीरदास के कुछ अमृत वचनों का उल्लेख करता हूँ, जो मुझे बड़े प्रिय तथा शिक्षाप्रद मालूम हुए—

'कबिरा' शरीर सराय है झाड़ा देके बस।
जब भठियारी खुश रहे तब जीवन का रस।। १ ।।

'कबिरा' क्षुधा है कूकरी करत भजन में भंग।
याको टुकरा डारि के सुमिरन करो निशंक।। २।।

नींद निसानी मीच की उठु 'कबिरा' जाग।
और रसायन त्याग के नाम रसायन चाख।। ३।।

चलना है रहना नहीं चलना बिसवें बीस।
'कबिरा' ऐसे सुहाग पर कौन बंधावे सीस।। ४।।

अपने अपने चोर को सब कोई डारे मारि।
मेरा चोर जो मोहिं मिले सर्बस डारूँ वारि।। ५।।

कहे सुने की है नहीं देखा देखी बात।
दूल्हा दुल्हिन मिलि गए सूनी परी बरात।। ६।।

नैनन की करि कोठरी पुतरी पलंग बिछाय।
पलकन की चिक डारि के पीतम लेहु रिझाय।। ७।।

प्रेम पियाला जो पिये सीस दच्छिना देय।
लोभी सीस न दै सके, नाम प्रेम का लेय।। ८।।

सीस उतारे भुइँ धरै, तापे राखे पाँव।
दास 'कबिरा' यूँ कहै ऐसा होय तो आव।। ६।।

निन्दक नियरे राखिये आँगन कुटी छवाय।
बिन पानी साबुन बिना उज्ज्वल करे सुभाय।। १०।।

ब्रह्मचर्य व्रत का पालन

वर्तमान समय में इस देश की कुछ ऐसी दुर्दशा हो रही है कि जितने धनी तथा गणमान्य व्यक्ति हैं, उनमें 99 प्रतिशत ऐसे हैं जो अपनी संतान रूपी अमूल्य धन–राशि को अपने नौकर तथा नौकरानियों के हाथ में सौंप देते हैं। उनकी जैसी इच्छा हो, वे उन्हें बनाएं! मध्यम श्रेणी के व्यक्ति भी अपने व्यवसाय तथा नौकरी इत्यादि में फँसे रहने के कारण संतान की

ओर अधिक ध्यान नहीं दे सकते। सस्ता कामचलाऊ नौकर या नौकरानी रखते हैं और उन्हीं पर बाल–बच्चों का भार सौंप देते हैं, ये नौकर बच्चों को नष्ट कर देते हैं। यदि कुछ भगवान की दया हो गई, और बच्चे नौकर–नौकरानियों के हाथ से बच गए तो मुहल्ले की गंदगी से बचना बड़ा मुश्किल है। रहे सहे स्कूल में पहुँचकर पारंगत हो जाते हैं। कॉलेज में पहुँचकर ये लोग समाचार–पत्रों में दिए औषधियों के विज्ञापन देख देखकर दवाइयों को मँगा मँगाकर धन नष्ट करना आरंभ करते हैं। 95 प्रतिशत की आँखें खराब हो जाती हैं। कुछ को शारीरिक दुर्बलता तथा कुछ को फैशन के विचार से ऐनक लगाने की बुरी आदत पड़ जाती है। सौन्दर्योपासना तो उनकी रग–रग में कूट–कूटकर भर जाती है। शायद ही कोई विद्यार्थी ऐसा हो जिसकी प्रेम कथाएँ प्रचलित न हों। ऐसी अजीब अजीब बातें सुनने में आती हैं कि जिनका उल्लेख करने से भी ग्लानि होती है। यदि कोई विद्यार्थी सच्चरित्र बनने का प्रयत्न भी करता है और स्कूल या कॉलेज जीवन में उसे कुछ अच्छी शिक्षा भी मिल जाती है, तो परिस्थितियाँ जिनमें उसे निर्वाह करना पड़ता है, उसे सुधरने नहीं देतीं। वे विचारते हैं कि थोड़ा–सा इस जीवन का आनन्द ले लें, यदि कुछ खराबी पैदा हो गई तो दवाई खाकर या पौष्टिक पदार्थों का सेवन करके दूर कर लेंगे। यह उनकी बड़ी भारी भूल है। अंग्रेज़ी की कहावत है *"ओनली फॉर वन्स एंड फॉर एवर"*।

तात्पर्य यह है कि यदि एक समय कोई बात पैदा हुई, मानो सदा के लिए रास्ता खुल गया। दवाइयाँ कोई लाभ नहीं पहुँचाती। अंडों का जूस, मछली के तेल, माँस आदि पदार्थ भी व्यर्थ सिद्ध होते हैं। सबसे आवश्यक बात चरित्र सुधारना ही होती है। विद्यार्थियों तथा उनके अध्यापकों को उचित है कि वे देश की दुर्दशा पर दया करके अपने चरित्र को सुधारने का प्रयत्न करें। सार में ब्रह्मचर्य ही संसारी शक्तियों का मूल है बिना ब्रह्मचर्य व्रत पालन किए मनुष्य जीवन नितांत शुष्क तथा नीरस प्रतीत होता है। विद्या, बल तथा बुद्धि सब ब्रह्मचर्य के प्रताप से ही प्राप्त होते हैं। संसार में जितने बड़े आदमी हुए हैं, उनमें से अधिकतर ब्रह्मचर्य व्रत के प्रताप से ही बड़े बने और सैकड़ों–हजारों वर्ष पश्चात् भी उनका यशगान करके मनुष्य अपने आपको कृतार्थ करते हैं। ब्रह्मचर्य की महिमा यदि जाननी हो तो परशुराम, राम, लक्ष्मण, कृष्ण, भीष्म, ईसा, मेजिनी

बंदा, रामकृष्ण, दयानन्द तथा राममूर्ति की जीवनियों का अध्ययन करो।

जिन विद्यार्थियों को बाल्यावस्था में कोई बुरी आदत पड़ जाती है, या जो बुरी संगत में पकड़कर अपना आचरण बिगाड़ लेते हैं और फिर अच्छी शिक्षा पाने पर आचरण सुधारने का प्रयत्न करते हैं, परंतु सफल मनोरथ नहीं होते, उन्हें भी निराश नहीं होना चाहिए। मनुष्य–जीवन अभ्यासों का एक समूह है। मनुष्य के मन में भिन्न–भिन्न प्रकार के अनेक विचार तथा भाव उत्पन्न होते रहते हैं। उनमें जो उसे रुचिकर होते हैं, वे प्रथम कार्य–रूप में परिणत होते हैं। क्रिया के बार–बार होने से उसमें से ऐच्छिक भाव निकल जाता है और उसमें तात्कालिक प्रेरणा उत्पन्न हो जाती है। इन तात्कालिक प्रेरक क्रियाओं को, जो पुनरावृत्ति का फल है, 'अभ्यास' कहते हैं। मानवीय चरित्र इन्हीं अभ्यासों द्वारा बनता है। अभ्यास से तात्पर्य आदत, स्वभाव, बना है। अभ्यास अच्छे और बुरे दोनों प्रकार के होते हैं। यदि हमारे मन में निरंतर अच्छे विचार उत्पन्न हों, तो उनका फल अच्छे अभ्यास होंगे और यदि मन बुरे विचारों में लिप्त रहे, तो निश्चय ही अभ्यास बुरे होंगे। मन इच्छाओं का केन्द्र है। उन्हीं की पूर्ति के लिए मनुष्य को प्रयत्न करना पड़ता है। अभ्यासों के बनने में पैतृक संस्कार, अर्थात् माता–पिता के अभ्यासों के अनुसार अनुकरण ही बच्चों के अभ्यास का सहायक होता है। दूसरे, जैसी परिस्थितियों में निवास होता है, वैसे ही अभ्यास भी पड़ते हैं। तीसरे, प्रयत्न से भी अभ्यासों का निर्माण होता है। यह शक्ति इतनी प्रबल हो सकती है कि इसके द्वारा मनुष्य पैतृक संस्कार तथा परिस्थितियों को भी जीत सकता है। हमारे जीवन का प्रत्येक कार्य अभ्यासों के अधीन है। यदि अभ्यासों द्वारा हमें कार्य में सुगमता न प्रतीत होती, तो हमारा जीवन बड़ा दुखमय प्रतीत होता। लिखने का अभ्यास, वस्त्र पहनना, पठन–पाठन इत्यादि इसके प्रत्यक्ष उदाहरण हैं। यदि हमें प्रारंभिक समय की भांति सदैव सावधानी से काम लेना हो, तो कितनी कठिनता प्रतीत हो। इसी प्रकार बालक का खड़ा होना और चलना भी है कि उस समय वह कितना कष्ट अनुभव करता है, किंतु एक मनुष्य मीलों तक चला जाता है। बहुत लोग तो चलते–चलते नींद भी ले लेते हैं। जैसे जेल में बाहरी दीवार पर घड़ी में चाबी लगाने वाले, जिन्हें बराबर छः घण्टे चलना होता है, वे बहुधा चलते–चलते सो लिया करते हैं।

मानसिक भावों को शुद्ध रखते हुए अंतःकरण को उच्च विचारों में बलपूर्वक संलग्न करने का अभ्यास करने से अवश्य सफलता मिलेगी। प्रत्येक विद्यार्थी या नवयुवक को, जोकि ब्रह्मचर्य व्रत के पालन की इच्छा रखता है, उचित है कि अपनी दिनचर्या निश्चित करे। खान–पान आदि का विशेष ध्यान रखे। महात्माओं के जीवन–चरित्र तथा चरित्र–गठन संबंधी पुस्तकों का अवलोकन करें। प्रेमालाप तथा उपन्यासों में समय नष्ट न करें। खाली समय अकेले न बैठें। जिस समय कोई बुरे विचार उत्पन्न हों, तुरंत शीतल जलपान कर घूमने लगें या किसी अपने से बड़े के पास जाकर बातचीत करने लगें। अश्लील (इश्कभरी) ग़ज़लों, शेरों तथा गानों को न पढ़ें और न सुनें।

स्त्रियों के दर्शन से बचते रहें। माता तथा बहन से भी एकांत में न मिलें। सुंदर सहपाठियों या अन्य विद्यार्थियों से स्पर्श तथा आलिंगन की भी आदत न डालें।

विद्यार्थी प्रातःकाल सूर्य उदय होने से एक घण्टा पहले शैया त्यागकर शौचादि से निवृत्त हो व्यायाम करे या वायु–सेवनार्थ बाहर मैदान में जाए। सूर्य उदय होने के पाँच–दस मिनट पूर्व स्नान से निवृत्त होकर यथा–विश्वास परमात्मा का ध्यान करे। सदैव कुएँ के ताजे जल से स्नान करे। यदि कुएँ का जल प्राप्त न हो तो जाड़ों में जल को थोड़ा–सा गुनगुना कर ले और गर्मियों में शीतल जल से स्नान करे। स्नान करने के पश्चात् एक खुरखुरे तौलिये या अंगोछे से शरीर को खूब मले। उपासना के पश्चात् थोड़ा–सा जलपान करे। कोई फल, शुष्क मेवा, दुग्ध अथवा सबसे उत्तम यह है कि गेहूँ का दलिया रंधवाकर यथा–रुचि मीठा या नमक डालकर खाए। फिर अध्ययन करे और दस बजे से ग्याहर बजे के मध्य में भोजन कर ले। भोजन में मांस, मछली, चटपटे, खट्टे, गरिष्ठ, बासी तथा उत्तेजक पदार्थों का त्याग करे। प्याज, लहसुन, लाल मिर्च, आम की खटाई और अधिक मसालेदार भोजन कभी न खाए। सात्विक भोजन करे। शुष्क भोजन का भी त्याग करे। जहाँ तक हो सके सब्जी अर्थात् साग अधिक खाए। भोजन खूब चबा–चबा कर किया करे। अधिक गर्म या अधिक ठंडा भोजन भी वर्जित है। स्कूल अथवा कॉलेज से आकर थोड़ा–सा आराम करके एक घण्टा लिखने का काम करके खेलने के लिए जाए। मैदान में थोड़ा–सा घूमे भी। घूमने

के लिए चौक बाजार की गंदी हवा में जाना ठीक नहीं। स्वच्छ वायु का सेवन करे। संध्या के समय भी शौच अवश्य जाए। थोड़ा–सा ध्यान करके हल्का–सा भोजन कर ले। यदि हो सके तो रात्रि के समय केवल दुग्ध पीने का अभ्यास डाले या फल खा लिया करे। स्वप्नदोषादिक व्याधियाँ केवल पेट के भारी होने से ही होती हैं। जिस दिन भोजन भली–भांति नहीं पचता, उसी दिन विकार हो जाता है, या मानसिक भावनाओं की अशुद्धता से निद्रा ठीक न आकर स्वप्नावस्था में वीर्यपात हो जाता है। रात्रि के समय साढ़े दस बजे तक पठन–पाठन करे पुनः सो जाए। सदैव खुली हवा में सोना चाहिए। बहुत मुलायम और चिकने बिस्तर पर न सोए। जहाँ तक हो सके, लकड़ी के तख्त पर कंबल या गाढ़े की चद्दर बिछाकर सोए। अधिक पाठ न करना हो तो साढ़े नौ या दस बजे सो जाए। प्रातःकाल साढ़े तीन या 4 बजे उठकर कुल्ला करके शीतल जलपान करे और शौच से निवृत्त हो पठन–पाठन करे। सूर्योदय के निकट फिर नित्य की भांति व्यायाम या भ्रमण करे। सब व्यायामों में दण्ड–बैठक सर्वोत्तम है। जहाँ जी चाहे, व्यायाम कर ले। यदि हो सके तो प्रोफेसर राममूर्ति की विधि से दण्ड–बैठक करे। प्रोफेसर साहब की रीति विद्यार्थियों के लिए लाभदायक है। थोड़े समय में ही पर्याप्त परिश्रम हो जाता है। दण्ड–बैठक के अलावा शीर्षासन और पद्मासन का भी अभ्यास करना चाहिए और अपने कमरे में वीरों और महात्माओं के चित्र रखने चाहिए।

द्वितीय खंड

स्वदेश-प्रेम

पूज्यपाद श्रीस्वामी सोमदेव का देहांत हो जाने के पश्चात् जब से अंग्रेज़ी के नवें दर्जे में आया, कुछ स्वदेश संबंधी पुस्तकों का अवलोकन आरंभ हुआ। शाहजहाँपुर में सेवा–समिति की नींव पंडित श्रीराम वाजपेयीजी ने डाली, उसमें भी बड़े उत्साह से कार्य किया। दूसरों की सेवा का भाव हृदय में उदय हुआ। कुछ समझ में आने लगा कि वास्तव में देशवासी बड़े दुःखी हैं। उसी वर्ष मेरे पड़ोसी तथा मित्र, जिनसे मेरा स्नेह अधिक था, एंट्रेन्स की परीक्षा पास करके कॉलेज में शिक्षा पाने चले गए। कॉलेज की स्वतंत्र वायु में उनके हृदय में भी स्वदेश के भाव उत्पन्न हुए। उसी साल लखनऊ में अखिल भारतीय कांग्रेस का अधिवेशन हुआ। मैं भी उसमें सम्मिलित हुआ। कतिपय सज्जनों से भेंट हुई। देशदशा का कुछ अनुमान हुआ, और निश्चय हुआ कि देश के लिए कोई विशेष कार्य किया जाए। देश में जो कुछ हो रहा है उसकी उत्तरदायी सरकार ही है। भारतवासियों के दुःख तथा दुर्दशा की जिम्मेदारी सरकार पर ही है, अतएव सरकार को पलटने का प्रयत्न करना चाहिए। मैंने भी इस प्रकार के विचारों में योग दिया। कांग्रेस में महात्मा तिलक के पधारने की खबर थी, इस कारण से गरम दल के अधिक व्यक्ति आए हुए थे। कांग्रेस के सभापति का स्वागत बड़ी धूमधाम से हुआ था। उसके दूसरे दिन लोकमान्य बाल गंगाधर तिलक की स्पेशल गाड़ी आने का समाचार मिला। लखनऊ स्टेशन पर बड़ा जमाव था। स्वागत–कारिणी समिति के सदस्यों से मालूम हुआ कि लोकमान्य का स्वागत केवल स्टेशन पर ही किया जाएगा और शहर में

सवारी न निकाली जाएगी। जिसका कारण यह था कि स्वागत कारिणी समिति के प्रधान पंडित जगतनारायणजी थे। अन्य गणमान्य सदस्यों में पंडित गोकरणनाथजी तथा अन्य उदार दल वालों (माडरेटों) की संख्या अधिक थी। माडरेटों को भय था कि यदि लोकमान्य की सवारी शहर में निकाली गई तो कांग्रेस के प्रधान से भी अधिक सम्मान होगा, जिसे वे उचित न समझते थे। अतः उन सबने प्रबंध किया कि जैसे ही लोकमान्य तिलक पधारें, उन्हें मोटर में बिठाकर शहर के बाहर–बाहर निकाल ले जाएँ। इन सब बातों को सुनकर नवयुवकों को बड़ा खेद हुआ। कॉलेज के एक एम.ए. के विद्यार्थी ने इस प्रबंध का विरोध करते हुए कहा कि लोकमान्य का स्वागत अवश्य होना चाहिए। मैंने भी इस विद्यार्थी के कथन में सहयोग दिया। इसी प्रकार कई नवयुवकों ने निश्चय किया कि, जैसे ही लोकमान्य स्पेशल से उतरें उन्हें घेरकर गाड़ी में बिठा लिया जाए और सवारी निकाली जाए। स्पेशल आने पर लोकमान्य सबसे पहले उतरे। स्वागत–कारिणी के सदस्यों ने कांग्रेस के स्वयं–सेवकों का घेरा बनाकर लोकमान्य को मोटर में जा बिठाया। मैं तथा एम.ए. के विद्यार्थी मोटर के आगे लेट गए। सब कुछ समझाया गया, मगर किसी की एक न सुनी। हम लोगों की देखा–देखी और कई नवयुवक भी मोटर के सामने आकर बैठ गए। उस समय मेरे उत्साह का ये हाल था कि मुँह से बात न निकलती थी, केवल रोता था और कहता था, 'मोटर मेरे ऊपर से निकाल ले जाओ।' स्वागत–कारिणी के सदस्यों से कांग्रेस के प्रधान को ले जाने वाली गाड़ी माँगी, उन्होंने देना स्वीकार न किया। एक नवयुवक ने मोटर का टायर काट दिया। लोकमान्यजी बहुत कुछ समझाते किंतु वहाँ सुनता कौन? एक किराये की गाड़ी से घोड़े खोलकर लोकमान्य के पैरों पर सिर रखकर उन्हें उसमें बिठाया और सबने मिलकर हाथों से गाड़ी खींचनी शुरू की। इस प्रकार लोकमान्य का इस धूमधाम से स्वागत हुआ कि किसी नेता की उतने जोरों से सवारी न निकाली गई। लोगों के उत्साह का यह हाल था कि कहते थे कि एक बार गाड़ी में हाथ लगा लेने दो, जीवन सफल हो जाए। लोकमान्य पर फूलों की जो वर्षा की जाती थी, उसमें जो फूल नीचे गिर जाते थे उन्हें उठाकर लोग पल्ले में बांध लेते थे। जिस स्थान पर लोकमान्य के पैर पड़ते, वहाँ की धूल सबके मत्थों पर

दिखाई देती। कुछ उस धूल को भी अपने रूमाल में बाँध लेते थे। इस स्वागत से माडरेटों की बड़ी भद्द हुई।

क्रांतिकारी आंदोलन

कांग्रेस के अधिवेशन पर लखनऊ में ही मालूम हुआ कि एक गुप्त समिति है, जिसका मुख्य उद्देश्य क्रांतिकारी आंदोलन में भाग लेना है। यहीं से क्रांतिकारी समिति की चर्चा सुनकर कुछ समय बाद मैं भी क्रांतिकारी समिति के कार्य में योग देने लगा। अपने एक मित्र द्वारा क्रांतिकारी समिति का सदस्य हो गया। थोड़े ही दिन में मैं कार्यकारिणी का सदस्य बना लिया गया। समिति में धन की बहुत कमी थी, उधर हथियारों की भी जरूरत थी। जब घर वापस आया, तब विचार हुआ कि एक पुस्तक प्रकाशित की जाए और उसमें जो लाभ हो उससे हथियार खरीदे जाएँ। पुस्तक प्रकाशित कराने के लिए धन कहाँ से आए? विचार करते–करते मुझे एक चाल सूझी। मैंने अपनी माताजी से कहा कि मैं कुछ रोजगार करना चाहता हूँ, उसमें अच्छा लाभ होगा। यदि रुपये दे सकें तो बड़ा अच्छा हो। उन्होंने 200 रुपये दिए। "अमेरिका को स्वाधीनता कैसे मिली" नामक पुस्तक लिखी जा चुकी थी। प्रकाशित होने का प्रबंध हो गया। थोड़े रुपये की जरूरत और पड़ी, मैंने माताजी से 200 रुपये और लिए। पुस्तक की बिक्री हो जाने पर माताजी के रुपये पहले चुका दिए। लगभग 200 रुपये और भी बचे। पुस्तकें अभी बिकने के लिए बाकी थीं। उसी समय "देशवासियों के नाम संदेश" नामक एक पर्चा छपवाया गया, क्योंकि पंडित गेंदालालजी, ब्रह्मचारीजी दलसहित ग्वालियर में गिरफ्तार हो गए थे। अब सब विद्यार्थियों ने अधिक उत्साह के साथ काम करने की प्रतिज्ञा की। पर्चे कई जिलों में लगाए गए और बांटे गए। पर्चे तथा "अमेरिका को स्वाधीनता कैसे मिली" पुस्तक दोनों संयुक्त प्रान्त की सरकार ने जब्त कर लिए।

हथियारों की खरीद

अधिकतर लोगों का विचार है कि देशी राज्यों में हथियार (रिवाल्वर, पिस्तौल तथा राइफलें इत्यादि) सब कोई रखता है, और बंदूक इत्यादि

पर लाइसेंस नहीं होता। अतएव इस प्रकार के अस्त्र बड़ी सुगमता से प्राप्त हो सकते हैं। देशी राज्यों में हथियारों पर कोई लाइसेंस नहीं, यह बात बिलकुल ठीक है, और हर एक को बंदूक इत्यादि रखने की आजादी भी है। किंतु कारतूस या विलायती बारूद खरीदने पर पुलिस को सूचना देनी होती है। राज्य में तो कोई ऐसी दुकान नहीं होती, जिस पर कारतूस या कारतूसी हथियार मिल सकें। यहाँ तक कि विलायती बारूद और बंदूक की टोपी भी नहीं मिलती, क्योंकि ये सब चीजें बाहर से मँगानी पड़ती हैं। जितनी चीजें इस प्रकार की बाहर से मँगाई जाती हैं, उनके लिए रेजिडेंट (गवर्नमेंट का प्रतिनिधि, जो रियासतों में रहता है) की आज्ञा लेनी पड़ती है। बिना रेजिडेंट की मंजूरी के हथियारों संबंधी कोई चीज बाहर से रियासत में नहीं आ सकती। इस कारण इस खटखट से बचने के लिए रियासत में ही टोपीदार बंदूकें बनती हैं, और देशी बारूद भी वहीं के लोग शोरा, गंधक तथा कोयला मिलाकर बना लेते हैं। बंदूक की टोपी चुरा–छिपाकर मँगा लेते हैं। नहीं तो टोपी के स्थान पर भी मनसल और पुटाश अलग–अलग पीसकर दोनों को मिलाकर उसी से काम चलाते हैं। हथियार रखने की आजादी होने पर भी गाँवों में किसी एक–दो धनी या जमींदार के यहाँ टोपीदार बंदूक या टोपीदार छोटे पिस्तौल होते हैं, जिनमें ये लोग रियासत की बनी हुई बारूद काम में लाते हैं। यह बारूद बरसात में सीलन खा जाती है और काम नहीं देती। एक बार मैं अकेला रिवाल्वर खरीदने गया। उस समय समझता था कि हथियारों की दुकान होगी, सीधे जाकर दाम देंगे और रिवाल्वर लेकर चले आएंगे। प्रत्येक दुकान देखी, कहीं किसी पर बंदूक इत्यादि का विज्ञापन या कोई दूसरा निशान न पाया। फिर एक तांगे पर सवार होकर सब शहर घूमा। तांगे वाले ने पूछा कि क्या चाहिए।

मैंने उससे डरते–डरते अपना उद्देश्य कहा। उसी ने दो–तीन दिन घूम–फिरकर एक टोपीदार रिवाल्वर खरीदवा दिया और देशी बनी हुई बारूद एक दुकान से दिला दी। मैं कुछ जानता तो था नहीं, एकदम दो सेर बारूद खरीदी, जो घर पर संदूक में रखे–रखे बरसात में सील खाकर पानी हो गई। मुझे बड़ा दुःख हुआ। दूसरी बार जब मैं क्रांतिकारी समिति का सदस्य हो चुका था, तब दूसरे सहयोगियों की

सम्मति से दो सौ रुपए लेकर हथियार खरीदने गया। इस बार मैंने बहुत प्रयत्न किया तो एक कबाड़ी की–सी दुकान पर कुछ तलवारें, खंजर, कटार तथा दो–चार टोपीदार बंदूकें रखी देखीं। मैंने बड़ा साहस करके उससे पूछा कि क्या आप ये चीजें बेचते हैं? उसने जब 'हाँ' में उत्तर दिया तो मैंने दो–चार चीजें देखीं, दाम पूछे। इसी प्रकार वार्तालाप करके पूछा कि क्या आप कारतूसी हथियार नहीं बेचते या और कहीं नहीं बिकते? तब उसने राब विवरण सुनाया। उस समय उसके पास टोपीदार एक नली के छोटे–छोटे दो पिस्तौल थे। मैंने वे दोनों खरीद लिए। एक कटार भी खरीदी। उसने वादा किया कि यदि आप फिर आएं तो कुछ कारतूसी हथियार जुटाने का प्रयत्न किया जाए। लालच बुरी बला है, इस कहावत के अनुसार तथा इसलिए भी कि हम लोगों को कोई दूसरा ऐसा जरिया भी न था, जहाँ से हथियार मिल सकते, मैं कुछ दिनों बाद फिर गया। इस समय उसी ने एक बड़ा सुंदर कारतूसी रिवाल्वर दिया। कुछ पुराने कारतूस दिए। रिवाल्वर था तो पुराना, किंतु बड़ा ही उत्तम था। दाम उसके नये के बराबर देने पड़े। अब उसे विश्वास हो गया कि यह हथियारों के खरीदार हैं। उसने प्राणपण से चेष्टा की और कई रिवाल्वर तथा दो–तीन राइफलें जुटाईं। उसे भी अच्छा लाभ हो जाता था। प्रत्येक वस्तु पर वह बीस–तीस रुपये मुनाफा ले लेता था। बाज–बाज चीज पर दूना नफा खा लेता था। इसके बाद हमारी संस्था के दो–तीन सदस्य मिलकर गए। दुकानदार ने भी हमारी उत्कट इच्छा को देखकर इधर–उधर से पुराने हथियारों को खरीद करके उनकी मरम्मत की, और नया–सा करके हमारे हाथ बेचना शुरू किया। खूब ठगा। हम लोग कुछ जानते नहीं थे। इस प्रकार अभ्यास करने से कुछ नया पुराना समझने लगे। एक दूसरे सिक्लीगर से भेंट हुई। वह स्वयं कुछ नहीं जानता था, किंतु उसने वचन दिया कि वह कुछ रईसों से हमारी भेंट करा देगा। उसने एक रईस से मुलाकात कराई जिसके पास एक रिवाल्वर था। रिवाल्वर खरीदने की हमने इच्छा प्रकट की। उन महाशय ने उस रिवाल्वर के डेढ़ सौ रुपये माँगे। रिवाल्वर नया था। बड़े कहने–सुनने पर सौ कारतूस उन्होंने दिये और 155 रुपये लिये। 150 रुपये उन्होंने स्वयं लिए, 5 रुपये सिक्लीगर को कमीशन के तौर पर देने पड़े। रिवाल्वर

चमकता हुआ नया था, समझे अधिक दामों का होगा। खरीद लिया। विचार हुआ कि इस प्रकार ठगे जाने से काम न चलेगा। किसी प्रकार कुछ जानने का प्रयत्न किया जाए। बड़ी कोशिश के बाद कलकत्ता, बंबई से बंदूक–विक्रेताओं की लिस्टें मंगाकर देखीं, देखकर आँखें खुल गईं। जितने रिवाल्वर या बंदूकें हमने खरीदी थीं, एक को छोड़कर, सबके दुगने दाम दिए थे। 155 रुपये के रिवाल्वर के दाम केवल 30 रुपये ही थे और 10 रुपये के सौ कारतूस, इस प्रकार कुल समान 40 रुपये का था, जिसके बदले 155 रुपये देने पड़े। बड़ा खेद हुआ। करें तो क्या करें। और कोई दूसरा जरिया भी तो न था।

कुछ समय पश्चात् कारखानों की लिस्टें लेकर तीन–चार सदस्य मिलकर गए। खूब जाँच–खोज की। किसी प्रकार रियासत की पुलिस को पता चल गया। एक खुफिया पुलिस वाला मुझे मिला, उसने कई हथियार दिलाने का वादा किया, और वह मुझे पुलिस इंस्पेक्टर के घर ले गया। दैवात् उस समय पुलिस इंस्पेक्टर घर पर मौजूद न थे। उनके द्वार पर एक पुलिस का सिपाही बैठा था, जिसे मैं भली–भांति जानता था। मुहल्ले में खुफिया पुलिस वाले की आँख बचाकर पूछा कि अमुक घर किसका है? मालूम हुआ पुलिस इंस्पेक्टर का! मैं इतस्ततः करके जैसे–तैसे निकल आया और अतिशीघ्र अपने ठहरने का स्थान बदल लिया। उस समय हम लोगों के पास दो राइफलें, चार रिवाल्वर तथा दो पिस्तौल खरीदे हुए मौजूद थे। किसी प्रकार उस खुफिया पुलिस वाले को एक कारीगर से जहाँ पर कि हम लोग अपने हथियारों की मरम्मत कराते थे, मालूम हुआ कि हम में से एक व्यक्ति उसी दिन जाने वाला था, उसने चारों ओर स्टेशन पर तार दिलवाए। रेलगाड़ियों की तलाशी ली गई। पर पुलिस की असावधानी के कारण हम बाल–बाल बच गए।

रुपये की चपत बुरी होती है। एक पुलिस सुपरिटेंडेंट के पास एक राइफल थी। मालूम हुआ वह बेचते हैं। हम लोग पहुँचे। अपने आपको रियासत का रहने वाला बतलाया। उन्होंने निश्चय करने के लिए बहुत से प्रश्न पूछे, क्योंकि हम लोग लड़के तो थे ही। पुलिस सुपरिटेंडेंट पेंशनभोगी मुसलमान थे। हमारी बातों पर उन्हें पूर्ण विश्वास न हुआ। कहा कि अपने थानेदार से लिखा लाओ कि वह तुम्हें जानता है। मैं

गया। जिस स्थान का रहने वाला बताया था, वहाँ के थानेदार का नाम मालूम किया, और एक–दो जमींदारों के नाम मालूम करके एक पत्र लिखा कि मैं उस स्थान के रहने वाले अमुक जमींदार का पुत्र हूँ और वे मुझे भली–भांति जानते हैं। उसी पत्र पर जमींदारों के हिंदी में और पुलिस के दारोगा के अंग्रेज़ी में हस्ताक्षर बना, पत्र ले जाकर पुलिस कप्तान को दिया। बड़े गौर से देखने के बाद वह बोले, "मैं थाने में दर्याफ्त कर लूँ। तुम्हें भी थाने में चलकर इत्तला देनी होगी कि राइफल खरीद रहे हैं।" हम लोगों ने कहा कि हमने आपके इत्मीनान के लिए इतनी मुसीबत झेली, दस–बाहर रुपये खर्च किए, अगर अब भी इत्मीनान न हो तो मजबूरी है। हम पुलिस में ना जाएंगे राइफल के दाम लिस्ट में 180 रुपये लिखे थे, वह 250 माँगते थे, साथ में दो सौ कारतूस भी दे रहे थे। कारतूस भरने का सामान भी देते थे, जो लगभग 50 रुपये का होता था। इस प्रकार पुरानी राइफल के नई के समान दाम माँगते थे। हम लोग भी 250 रुपये देते थे। पुलिस कप्तान ने भी विचारा कि पूरे दाम मिल रहे हैं। स्वयं वृद्ध हो चुके थे। कोई पुत्र भी न था। अतएव 250 रुपये लेकर राइफल दे दी। पुलिस में कुछ पूछने न गए। उन्हीं दिनों राज्य के एक उच्च पदाधिकारी के नौकर को मिलकर उनके यहाँ से रिवाल्वर चोरी कराया। जिसके दाम लिस्ट में 75 रुपये थे, उसे 100 रुपये में खरीदा। एक माउजर पिस्तौल भी चोरी कराया, जिसके दाम लिस्ट में उस समय 200 रुपये थे। हमें माउजर पिस्तौल की प्राप्ति की बड़ी उत्कट इच्छा थी। बड़े भारी प्रयत्न के बाद यह माउजर पिस्तौल मिला, जिसका मूल्य 300 रुपये देना पड़ा। कारतूस एक भी न मिला। हमारे पुराने मित्र कबाड़ी महोदय के पास माउजर पिस्तौल के पचास कारतूस पड़े थे। उन्होंने बड़ा काम दिया। हममें से किसी ने भी पहले माउजर पिस्तौल देखा भी न था। कुछ न समझ सके कि कैसे प्रयोग किया जाता है। बड़े कठिन परिश्रम से उसका प्रयोग समझ में आया।

हमने तीन राइफलें, एक बारह बोर की दोनाली कारतूसी बंदूक, दो टोपीदार बंदूकें, तीन टोपीदार रिवाल्वर और पाँच कारतूसी रिवाल्वर खरीदे। प्रत्येक हथियार के साथ पचास या सौ कारतूस भी ले लिए। इन सब में लगभग चार हजार रुपए खर्च हुए। कुछ कटार तथा तलवारें इत्यादि भी खरीदी थीं।

मैनपुरी षड्यंत्र

इधर तो हम लोग अपने कार्य में व्यस्त थे, उधर मैनपुरी के एक सदस्य पर लीडरी का भूत सवार हुआ। उन्होंने अपना पृथक् संगठन किया। कुछ अस्त्र–शस्त्र भी एकत्रित किए। धन की कमी की पूर्ति के लिए एक सदस्य से कहा कि अपने किसी परिवार के सदस्य के यहाँ डाका डलवाओ। उस सदस्य ने कोई उत्तर न दिया। उसे आज्ञापत्र दिया गया और मार देने की धमकी दी गई। वह पुलिस के पास गया। मामला खुला। मैनपुरी में धर–पकड़ शुरू हो गई। हम लोगों को भी समाचार मिला। दिल्ली में कांग्रेस का अधिवेधन होने वाला था। विचार किया गया कि "अमेरिका को स्वाधीनता कैसे मिली" नामक पुस्तक जो यू.पी. सरकार ने जब्त कर ली थी, कांग्रेस के अधिवेधन पर बेच दी जाए। कांग्रेस के अधिवेधन पर मैं शाहजहाँपुर की सेवा–समिति के साथ आपकी एम्बुलेंस की टोली लेकर गया था। एम्बुलेंस वालों को प्रत्येक स्थान पर बिना रोके जाने की आज्ञा थी। अधिवेधन के पण्डाल के बाहर खुले रूप में नवयुवक यह कह पुस्तक बेच रहे थे–यू.पी. में जब्त किताब "अमेरिका को स्वाधीनता कैसे मिली"। खुफिया पुलिस वालों ने कांग्रेस का कैम्प घेर लिया। सामने ही आर्यसमाज का कैम्प था, वहाँ पर पुस्तक विक्रेताओं की पुलिस वालों ने तलाशी लेनी आरंभ कर दी। मैंने कांग्रेस कैम्प पर अपने स्वयं सेवक इसलिए छोड़ दिए कि वे बिना स्वागत–कारिणी समिति के मंत्री या प्रधान की आज्ञा पाए किसी पुलिस वाले को कैम्प में न घुसने दें। आर्य–समाज के कैम्प में गया। सब पुस्तकें एक टैंट में जमा थीं। मैंने अपने ओवरकोट में सब पुस्तकें लपेटीं, जो लगभग दो सौ होंगी और उसे कंधे पर डालकर पुलिस वालों के सामने से निकला। मैं वर्दी पहने था, टोप लगाए हुए था। एम्बुलेंस का बड़ा–सा लाल बिल्ला मेरे हाथ पर लगा हुआ था, किसी ने कोई संदेह भी न किया और पुस्तकें बच गईं !

दिल्ली कांग्रेस अधिवेधन से लौटकर शाहजहाँपुर आए। वहाँ भी पकड़–धकड़ शुरू हुई। हम लोग वहाँ से चल कर दूसरे शहर के एक मकान में ठहर हुए थे। रात्रि के समय मकान मालिक ने बाहर से मकान में ताला लगा दिया। ग्यारह बजे के लगभग हमारा एक साथी बाहर से आया। उसने बाहर से ताला पड़ा देख पुकारा। हम लोगों को भी संदेह

हुआ सबके सब दीवार पर से उतर कर मकान छोड़कर चल दिए। अंधेरी रात थी। थोड़ी दूर गए थे कि हठात् की आवाज आई, "खड़े हो जाओ कौन जाता है?" हम लोग सात–आठ आदमी थे। समझे कि घिर गए। कदम उठाना ही चाहते थे कि फिर आवाज़ आई, "खड़े हो जाओ, नहीं तो गोली मारते हैं।" हम लोग खड़े हो गए। थोड़ी देर में एक पुलिस के दारोगा बंदूक हमारी तरफ किए हुए, रिवाल्वर कंधे में लटकाए, कई सिपाहियों को लिए हुए आ पहुँचे। पूछा– "कौन हो? कहाँ जाते हो?" हम लोगों ने कहा– "विद्यार्थी हैं, स्टेशन पर जा रहे हैं।" "कहाँ जाओगे?" "लखनऊ।" उस समय रात के दो बजे थे। लखनऊ की गाड़ी पाँच बजे जाती थी। दारोगा जी को शक हुआ। लालटेन आई हम लोगों के चेहरे रोशनी में देखकर उनका शक जाता रहा। कहने लगे– "रात के समय लालटेन लेकर चला कीजिए। गलती हुई, माफ कीजिए।" हम लोग भी सलाम झाड़कर चलते बने। एक बाग में फूँस की मड़ैया पड़ी थी। उसमें जा बैठे। पानी बरसने लगा। मूसलाधार पानी गिरा। सब कपड़े भीग गये। जमीन पर भी पानी भर गया। जनवरी का महीना था। खूब जाड़ा पड़ रहा था। रातभर भीगते और ठिठुरते रहे। बड़ा कष्ट हुआ। प्रातःकाल धर्मशाला में जाकर कपड़े सुखाए। दूसरे दिन शाहजहाँपुर आकर, बंदूकें जमीन में गाड़कर प्रयाग पहुँचे।

विश्वासघात

प्रयाग की एक धर्मशाला में दो–तीन दिन निवास करके विचार किया गया कि एक व्यक्ति बहुत कमजोर है, यदि वह पकड़ा गया तो वह सब भेद खुल जाएगा, अतः उसे मार दिया जाए। मैंने कहा–"मनुष्य हत्या ठीक नहीं।" पर अंत में निश्चय हुआ कि कल चला जाए और उसकी हत्या कर दी जाए। मैं चुप हो गया। हम लोग चार सदस्य साथ थे। हम चारों तीसरे पहर झूसी का किला देखने गये। जब लौटे तब संध्या हो चुकी थी। उस समय गंगा पार करके यमुना–तट पर गए। शौचादि से निवृत्त होकर मैं संध्या के समय उपासना करने के लिए रेत पर बैठ गया। एक महाशय ने कहा– "यमुना के निकट बैठो।" मैं तट से दूर एक ऊँचे स्थान पर बैठा था। मैं वहीं बैठा रहा। वे तीनों भी मेरे पास

ही आकर बैठ गए। मैं आँखें बंद किए ध्यान कर रहा था। थोड़ी देर में खट से आवाज हुई। समझा कि साथियों में से कोई कुछ कर रहा होगा। तुरंत ही फायर हुआ। गोली सन्न से मेरे कान के पास से निकल गई। मैं समझ गया कि मेरे ऊपर ही फायर हुआ। मैं रिवाल्वर निकालता हुआ आगे को बढ़ा। पीछे घूमकर देखा, वह महाशय माउजर हाथ में लिए मेरे ऊपर गोली चला रहे हैं। कुछ दिन पहले मुझसे उनका झगड़ा हो चुका था, किंतु बाद में समझौता हो गया था। फिर भी उन्होंने यह कार्य किया। मैं भी सामना करने को प्रस्तुत हुआ। तीसरा फायर करके वह भाग खड़े हुए। उनके साथ प्रयाग ठहरे हुए दो सदस्य और भी थे। वे तीनों भाग गये। मुझे देर इसलिए हुई कि मेरा रिवाल्वर चमड़े के खोल में था। यदि आधा मिनट और उनमें कोई खड़ा रह जाता तो मेरी गोली का निशाना बन जाता। अब सब भाग गए, तब मैं गोली चलाना व्यर्थ जान, वहाँ से चला आया। मैं बाल–बाल बच गया। मुझसे दो गज के फासले पर से माउजर पिस्तौल से गोलियाँ चलाई गईं और उस अवस्था में जबकि मैं बैठा हुआ था। मेरी समझ में नहीं आया कि मैं बच कैसे गया। पहला कारतूस फूटा नहीं। तीन फायर हुए। मैं गद्‌गद होकर परमात्मा का स्मरण करने लगा। आनन्दोल्लास में मुझे मूर्च्छा आ गई। मेरे हाथ से रिवाल्वर तथा खोल दोनों गिर गये। यदि उस समय कोई निकट होता तो मुझे भली–भांति मार सकता था। मेरी यह अवस्था लगभग एक मिनट तक रही होगी कि मुझसे किसी ने कहा, "उठ!" मैं उठा! रिवाल्वर उठा लिया। खोल उठाने का स्मरण ही न रहा। 22 जनवरी की घटना है। मैं केवल एक कोट और एक तहमद पहने था। बाल बढ़ रहे थे। नंगे सिर, पैर में जूता भी नहीं। ऐसी हालत में कहाँ जाऊँ? अनेक विचार उठ रहे थे।

इन्हीं विचारों में निमग्न यमुना–तट पर बड़ी देर तक घूमता रहा। ध्यान आया कि धर्मशाला चलकर ताला तोड़कर सामान निकाल लूँ। सोचा कि धर्मशाला जाने से गोली चलेगी, व्यर्थ में खून होगा। अभी ठीक नहीं। अकेले बदला लेना उचित नहीं। और कुछ साथियों को लेकर फिर बदला लिया जाएगा। मेरे एक साधारण मित्र प्रयाग में रहते थे। उनके पास जाकर बड़ी मुश्किल से एक चादर ली और रेल से लखनऊ आया। लखनऊ आकर बाल बनवाए। धोती–जूता खरीदे, क्योंकि रुपये मेरे पास

थे। रुपये न भी होते तो भी मैं सदैव चालीस–पचास रुपये की सोने की अँगूठी पहने रहता था, उससे काम ले सकता था। वहाँ से आकर अन्य सदस्यों से मिलकर सब विवरण कह सुनाया। कुछ दिन जंगल में रहा। इच्छा थी कि संन्यासी हो जाऊँ। संसार कुछ नहीं। बाद को फिर माताजी के पास गया। उन्हें सब कुछ सुनाया। उन्होंने मुझे ग्वालियर जाने का आदेश दिया। थोड़े दिनों में माता–पिता सभी दादीजी के भाई के यहाँ आ गए। मैं भी वहाँ पहुँच गया।

मैं हर वक़्त यही विचार किया करता मुझे बदला अवश्य लेना चाहिए। एक दिन प्रतिज्ञा करके रिवाल्वर लेकर शत्रु की हत्या करने की इच्छा में गया भी, किंतु सफलता न मिली। इसी प्रकार की उधेड़बुन में मुझे ज्वर आने लगा। कई महीनों तक बीमार रहा। माताजी मेरे विचारों को समझ गईं। माताजी ने बड़ी सांत्वना दी। कहने लगीं कि, "प्रतिज्ञा करो कि तुम अपनी हत्या की चेष्टा करने वालों को जान से न मारोगे।" मैंने प्रतिज्ञा करने में आनाकानी की, तो वह कहने लगीं कि "मैं मातृऋण के बदले में प्रतिज्ञा कराती हूँ, क्या जवाब है?" मैंने कहा– "मैं उनसे बदला लेने की प्रतिज्ञा कर चुका हूँ।" माताजी ने मुझे बाध्य कर मेरी प्रतिज्ञा भंग करवाई। अपनी बात पक्की रक्खी। मुझे ही सिर नीचा करना पड़ा। उस दिन से मेरा ज्वर कम होने लगा और मैं अच्छा हो गया।

पलायनावस्था

मैं ग्राम में ग्रामवासियों की भांति उसी प्रकार के कपड़े पहनकर रहने लगा। खेती भी करने लगा। देखने वाले अधिक से अधिक इतना समझ सकते थे कि मैं शहर में रहा हूँ, संभव है कुछ पढ़ा भी होऊँ। खेती के कामों में मैंने विशेष ध्यान दिया। शरीर तो हृष्ट–पुष्ट था ही, थोड़े ही दिनों में अच्छा खासा किसान बन गया। उस कठोर भूमि में खेती करना कोई सरल काम नहीं। बबूल, नीम के अतिरिक्त कोई एक–दो आम के वृक्ष कहीं भले ही दिखाई दे जाएँ। बाकी वह नितांत मरुभूमि है। खेत में जाता था। थोड़ी देर में ही झरबेरी के कांटों में पैर भर जाते। पहले–पहल तो बड़ा कष्ट मालूम हुआ। कुछ समय बाद अभ्यास हो गया। जितना खेत उस देश का एक बलिष्ठ पुरुष दिन–भर में जोत

सकता था, उतना मैं भी जोत लेता था। मेरा चेहरा बिल्कुल काला पड़ गया। थोड़े दिनों के लिए मैं शाहजहाँपुर की ओर घूमने आया तो कुछ लोग मुझे पहचान भी न सके। मैं रात को शाहजहाँपुर पहुँचा। गाड़ी छूट गई। दिन के समय पैदल जा रहा था कि एक पुलिस वाले ने पहचान लिया। वह और पुलिस वालों को लेने के लिए गया। मैं भागा, पहले दिन का थका हुआ था। लगभग बीस मील पहले दिन पैदल चला था। उस दिन भी पैंतीस मील पैदल चलना पड़ा।

मेरे माता–पिता ने सहायता की। मेरा समय अच्छी प्रकार व्यतीत हो गया। माताजी की पूँजी तो मैंने नष्ट कर दी। पिताजी से सरकार की ओर से कहा गया कि लड़के की गिरफ्तारी के वारंट की पूर्ति के लिए लड़के का हिस्सा, जो उसके दादा की जायदाद होगी, नीलाम किया जाएगा। पिताजी घबराकर दो हजार रुपये का मकान आठ सौ में तथा दूसरी चीजें भी थोड़े दामों में बेचकर शाहजहाँपुर छोड़कर भाग गए। दो बहनों का विवाह हुआ। जो कुछ रहा–बचा था, वह भी व्यय हो गया। माता–पिता की हालत फिर निर्धनों जैसी हो गई। महीनों चनों पर ही समय काटना पड़ा। दो–चार रुपये जो मित्रों तथा सहायकों से मिल जाते थे, उन्हीं पर ही गुजर होता था। पहनने के कपड़े तक न थे। विवश हो रिवाल्वर तथा बंदूकें बेची, तब दिन कटे। किसी से कुछ कह भी न सकते थे और गिरफ्तारी के भय के कारण कोई व्यवस्था या नौकरी भी न कर सकते थे।

उसी अवस्था में मुझे व्यवसाय करने की सूझी। मैंने अपने सहपाठी तथा मित्र श्रीसुशील चन्द्र सेन, जिनका देहांत हो चुका था, की स्मृति में बंगला भाषा का अध्ययन किया। मेरे छोटे भाई का जन्म हुआ तो मैंने उसका नाम सुशील चन्द्र रखा। मैंने विचारा कि एक पुस्तकमाला निकालूँ। बंगला पुस्तक "निहिलिस्ट रहस्य" का अनुवाद प्रारंभ कर दिया। जिस प्रकार अनुवाद किया, उसका स्मरण कर कई बार हँसी आ जाती है। कई बैल, गाय तथा भैंस लेकर ऊसर में चराने जाया करता था। खाली बैठा रहना पड़ता था, अतएव कॉपी–पेंसिल साथ ले जाता और पुस्तक का अनुवाद किया करता था। पशु जब कहीं दूर निकल जाते तब अनुवाद छोड़ लाठी लेकर उन्हें हकारने जाया करता था। कुछ समय के लिए एक साधु की कुटी पर जाकर रहा। वहाँ

अधिक समय अनुवाद करने में व्यतीत करता था। खाने के लिए आटा ले जाता था। चार–पाँच दिन के लिए इकट्ठा आटा रखता था। भोजन स्वयं पका लेता था। जब पुस्तक ठीक हो गई, तो "सुशील माला" के नाम से ग्रंथमाला निकाली। पुस्तक का नाम "बोलशेविकों की करतूत" रखा। दूसरी पुस्तक "मन की लहर" छपवाई। इस व्यवसाय में लगभग पाँच सौ रुपये की हानि हुई। जब राजकीय घोषणा हुई और राजनैतिक कैदी छोड़े गए, तब शाहजहाँपुर आकर कोई व्यवसाय करने का विचार हुआ, ताकि माता–पिता की कुछ सेवा हो सके। विचार किया करता था कि इस जीवन में अब फिर कभी आजादी से शाहजहाँपुर में विचरण न कर सकूँगा, पर परमात्मा की लीला अपार है। वे दिन आए। मैं पुनः शाहजहाँपुर का निवासी हुआ।

पंडित गेंदालाल दीक्षित

आपका जन्म यमुना–तट पर बटेश्वर के निकट "मई" ग्राम में हुआ था। आपने मैट्रिक्यूलेशन (दसवां) दर्जा अंग्रेज़ी का पास किया था। आप जब औरैया जिला इटावा में डी.ए.वी. स्कूल में टीचर थे, तब आपने "शिवाजी समिति" की स्थापना की थी, जिसका उद्देश्य था शिवाजी की भांति दल बनाकर एकत्र करना और उससे हथियार खरीदना और उसे दल में बाँटना। इसकी सफलता के लिए आप रियासत से हथियार ला रहे थे जो, कुछ नवयुवकों की असावधानी के कारण आगरा में स्टेशन के निकट पकड़ लिए गए थे। आप बड़े वीर तथा उत्साही थे। शांत बैठना जानते ही न थे। नवयुवकों को सदैव कुछ–न–कुछ उपदेश देते रहते थे। एक–एक सप्ताह तक बूट तथा वर्दी न उतारते थे। जब आप ब्रह्मचारी जी के पास सहायता लेने गए, तो दुर्भाग्यवश गिरफ्तार कर लिए गए। ब्रह्मचारी के दल ने अंग्रेज़ी राज्य में कई डाके डाले थे। डाके डाल कर ये लोग चंबल के बीहड़ों में छिप जाते थे। सरकारी राज्य की ओर से ग्वालियर महाराज को लिखा गया। इस दल के पकड़ने का प्रबंध किया गया। सरकार ने तो हिंदुस्तानी फौज भी भेजी थी, जो आगरा जिले में चंबल के किनारे बहुत दिनों तक पड़ी रही। पुलिस सवार तैनात किए, फिर भी ये लोग भयभीत न हुए। विश्वासघात से पकड़े गए। इन्हीं का

एक आदमी पुलिस ने मिला लिया। डाका डालने के लिए दूर स्थान निश्चय किया गया, जहाँ तक जाने के लिए एक पड़ाव देना पड़ता था। चलते–चलते सब थक गए। पड़ाव दिया गया। जो आदमी पुलिस से मिला हुआ था, उससे भोजन लाने को कहा, क्योंकि उसके किसी संबंधी का मकान निकट था। वह पूड़ी बनवा कर लाया। सब पूड़ी खाने लग गए। ब्रह्मचारी जी जो सदैव अपने हाथ से बनाकर भोजन करते थे या आलू अथवा घुइयाँ भूनकर खा लेते थे, उन्होंने भी उस दिन पूड़ी खाना स्वीकार किया। सब भूखे तो थे ही, खाने लगे। ब्रह्मचारी जी ने भी एक पूड़ी ही खाई। उनकी जबान ऐंठने लगी और जो अधिक खा गए थे, वे गिर गए। पूरी लाने वाला पानी लाने के बहाने चल दिया। पूड़ियों में विष मिला हुआ था। ब्रह्मचारी जी ने बंदूक उठाकर पूरी लाने वाले पर गोली चलाई। ब्रह्मचारी जी का गोली चलाना था कि चारों ओर से गोली चलने लगी। पुलिस छिपी हुई थी। गोली चलने से ब्रह्मचारी जी के कई गोली लगीं। तमाम शरीर घायल हो गया। पंडित गेंदालालजी की आँख में एक छर्रा लगा। बाईं आँख जाती रही। कुछ आदमी जहर के कारण मरे, कुछ गोली से मारे गए, इस प्रकार 80 आदमियों में से 25–30 जान से मर गए। सब पकड़ कर ग्वालियर के किले में बंद कर दिए गए। किले में हम लोग जब पंडित से मिले, तब चिट्ठी भेजकर उन्होंने हमको सब हाल बताया। एक दिन किले में हम लोगों पर भी संदेह हो गया था, बड़ी कठिनता से एक अधिकारी की सहायता से हम लोग निकल सके।

जब मैनपुरी षड्यंत्र का अभियोग चला, पण्डित गेंदालालजी को सरकार ने ग्वालियर राज्य से मँगाया। ग्वालियर के किले का जलवायु बड़ा ही हानिकारक था। पंडितजी को क्षय रोग हो गया था। मैनपुरी स्टेशन से जेल जाते समय ग्यारह बार रास्ते में बैठ कर जेल पहुँचे। पुलिस ने जब हाल पूछा तो उन्होंने कहा– "बालकों को क्यों गिरफ्तार किया है? मैं हाल बताऊंगा।" पुलिस को विश्वास हो गया। आपको जेल से निकालकर दूसरे सरकारी गवाहों के निकट रख दिया। वहाँ पर सब विवरण जान रात्रि के समय एक और सरकारी गवाह को लेकर पंडित जी भाग खड़े हुए। भागकर एक गांव में एक कोठरी में ठहरे। साथी कुछ काम के लिए बाजार गया और फिर लौटकर न आया बाहर से कोठरी की जंजीर बंद कर गया था। पंडितजी उसी कोठरी में तीन दिन बिना

अन्न–जल बंद रहे। समझे कि साथी किसी आपत्ति में फंस गया होगा, अंत में किसी प्रकार जंजीर खुलवाई। रुपये वह सब साथ ले गया था। पास एक पैसा न था। कोटा से पैदल आगरा गए। किसी प्रकार अपने घर पहुँचे। बहुत बीमार थे। पिता ने यह समझकर कि घर वालों पर आपत्ति न आए, पुलिस को सूचना देनी चाही। पंडितजी ने पिता से बड़ी विनय–प्रार्थना की और दो–तीन दिन में घर छोड़ दिया। हम लोगों की बहुत खोज की। किसी का कुछ पता न पा दिल्ली में एक प्याऊ पर पानी पिलाने की नौकरी कर ली। अवस्था दिनों–दिन बिगड़ रही थी। रोग भीषण रूप धारण कर रहा था। छोटे भाई तथा पत्नी को बुलाया। भाई किंकर्तव्यविमूढ़! वह क्या कर सकता था? सरकारी अस्पताल में भर्ती कराने ले गया। पंडितजी की धर्मपत्नी को दूसरे स्थान में भेजकर जब वह अस्पताल आया, तो जो देखा उसे लिखते हुए लेखनी कम्पायमान होती है! पंडितजी शरीर त्याग चुके थे। केवल उनका मृत शरीर–मात्र ही पड़ा हुआ था। स्वदेश की कार्य सिद्धि में पंडित गेंदालालजी दीक्षित ने जिस निःसहाय अवस्था में अंतिम बलिदान दिया, उसकी स्वप्न में भी आशंका न थी। पंडितजी की प्रबल इच्छा थी कि उनकी मृत्यु गोली लगकर हो। भारतवर्ष की एक महान् आत्मा विलीन हो गई और देश में किसी ने जाना भी नहीं। आपकी विस्तृत जीवनी "प्रभा" मासिक पत्रिका में प्रकाशित हो चुकी है। मैनपुरी षड्यंत्र में विशेषताएँ ये हुईं कि नेताओं में से केवल दो व्यक्ति पुलिस के हाथ आए, जिनमें गेंदालाल दीक्षित एक सरकारी गवाह को लेकर भाग गए श्रीशिवकृष्ण जेल से भाग गए, फिर हाथ न आए। छः मास के पश्चात् जिन्हें सजा हुई भी वे भी राजकीय घोषणा से मुक्त कर दिए गए। खुफिया पुलिस विभाग का क्रोध पूर्णतः शांत न हो सका और उनकी बदनामी भी इस केस में बहुत हुई ।

तृतीय खंड

स्वतंत्र जीवन

राजकीय घोषणा के पश्चात् जब मैं शाहजहाँपुर आया तो शहर की अद्भुत दशा देखी। कोई पास तक खड़े होने का साहस न करता था। जिसके पास मैं जाकर खड़ा हो जाता था, वह नमस्ते कर चल देता था। पुलिस का प्रकोप था। प्रत्येक समय वह छाया की भांति पीछे–पीछे फिरा करती थी। इस प्रकार का जीवन कब तक व्यतीत किया जाए? मैंने कपड़ा बुनने का काम सीखना आरंभ किया। जुलाहे बड़ा कष्ट देते थे। कोई काम सिखाना नहीं चाहता था। बड़ी कठिनता से मैंने कुछ काम सीखा। उसी समय एक कारखाने में मैनेजरी का स्थान खाली हुआ। मैंने उस स्थान के लिए प्रयत्न किया। मुझसे पाँच सौ रुपये की जमानत मांगी गई। मेरी दशा बड़ी शोचनीय थी। तीन–तीन दिवस तक भोजन प्राप्त नहीं होता था, क्योंकि मैंने प्रतिज्ञा की थी किसी से कुछ सहायता न लूँगा। पिताजी से बिना कुछ कहे मैं चला आया था। मैं पाँच सौ रुपए कहाँ से लाता? मैंने दो–एक मित्रों से केवल दो सौ रुपए की जमानत देने की प्रार्थना की। उन्होंने साफ मना कर दिया। मेरे हृदय पर वज्रपात हुआ। संसार अंधकारमय दिखाई देता था। पर बाद में एक मित्र की कृपा से नौकरी मिल गई। अब अवस्था कुछ सुधरी। मैं भी सभ्य पुरुषों की भांति समय व्यतीत करने लगा। मेरे पास भी चार पैसे हो गए। वे ही मित्र, जिनसे मैंने दो सौ रुपए की जमानत देने की प्रार्थना की थी, अब मेरे पास चार–चार हजार रुपयों की थैली अपनी बंदूक, लाइसेंस इत्यादि सब डाल जाते थे कि मेरे यहाँ उनकी वस्तुएँ सुरक्षित रहेंगी। समय के इस फेर को देखकर मुझे हँसी आती थी।

इस प्रकार कुछ समय व्यतीत हुआ। दो–चार पुरुषों से भेंट हुई, जिनको पहले मैं बड़ी श्रद्धा की दृष्टि से देखता था। उन लोगों ने मेरी पलायनावस्था के संबंध में कुछ समाचार सुने थे। मुझसे मिलकर वे बड़े प्रसन्न हुए। मेरी लिखी हुई पुस्तकें भी देखी। इस समय मैं तीसरी पुस्तक "कैथराइन" लिख चुका था। मुझे पुस्तकों के व्यवसाय में बहुत घाटा हो चुका था। मैंने माला का प्रकाशन स्थगित कर दिया। "कैथराइन" एक पुस्तक प्रकाशक को दे दी। उन्होंने बड़ी कृपा कर उस पुस्तक को थोड़े से हेर–फेर के साथ प्रकाशित कर दिया। "कैथराइन" को देखकर मेरे इष्ट मित्रों को बड़ा हर्ष हुआ। उन्होंने मुझे पुस्तक लिखते रहने के लिए बड़ा उत्साहित किया। मैंने "स्वदेशी रंग" नामक एक और पुस्तक लिखकर एक पुस्तक प्रकाशक को दी। वह भी प्रकाशित हो गई।

बड़े परिश्रम के साथ मैंने एक पुस्तक "क्रांतिकारी जीवन" लिखी। "क्रांतिकारी जीवन" को कई पुस्तक प्रकाशकों ने देखा, पर किसी का साहस न हो सका कि उसको प्रकाशित करें। आगरा, कानपुर, कलकत्ता इत्यादि कई स्थानों में घूमकर पुस्तक मेरे पास लौट आई। कई मासिक पत्रिकाओं में "राम" तथा "अज्ञात" नाम से मेरे लेख प्रकाशित हुआ करते थे। लोग बड़े चाव से उन लेखों का पाठ करते थे। मैंने किसी स्थान पर लेखन शैली का नियमपूर्वक अध्ययन न किया था। बैठे–बैठे खाली समय में ही कुछ लिखा करता और प्रकाशनार्थ भेज दिया करता था। अधिकतर बंगला तथा अंग्रेज़ी की पुस्तकों में अनुवाद करने का ही विचार था। थोड़े समय के पश्चात् श्रीअरविन्द घोष की बंगला पुस्तक "योगिक साधन" का अनुवाद किया। दो–एक पुस्तक प्रकाशकों को दिखाया पर वे अति अल्प पारितोषिक देकर पुस्तक लेना चाहते थे। आजकल के समय में हिंदी के लेखकों तथा अनुवादकों की अधिकता के कारण पुस्तक प्रकाशकों को भी बड़ा अभिमान हो गया है। बड़ी कठिनता से बनारस प्रकाशक ने "योगिक साधन" प्रकाशित करने का वचन दिया। पर थोड़े दिनों में वह स्वयं ही अपने साहित्य मंदिर में ताला डालकर कहीं पधार गए। पुस्तक का अब तक कोई पता न लगा। पुस्तक अति उत्तम थी। प्रकाशित हो जाने से हिंदी साहित्य–सेवियों को अच्छा लाभ होता। मेरे पास जो "बोलशेविक करतूत" तथा "मन की लहर" की प्रतियाँ बची थीं, मैंने लागत से भी कम मूल्य पर कलकत्ता के एक व्यक्ति श्रीदीनानाथ

सगतिया को दे दीं। बहुत कम पुस्तकें मैंने बेची थीं, दीनानाथ महाशय पुस्तकें हड़प कर गए। मैंने नोटिस दिया। नालिश की। लगभग चार सौ रुपए की डिग्री भी हुई। किंतु दीनानाथ महाशय का कहीं पता न चला। वह कलकत्ता छोड़कर पटना गए। पटना में कई गरीबों का रुपया मारकर कहीं अंतर्धान हो गए। अनुभवहीनता से इस प्रकार ठोकरें खानी पड़ीं। कोई पथ प्रर्दशक तथा सहायक नहीं था, जिससे परामर्श करता। व्यर्थ के उद्योग धंधों तथा स्वतंत्र कार्यों में शक्ति का व्यय करता रहा।

पुनर्संगठन

जिन महानुभावों को मैं पूजनीय दृष्टि से देखता था, उन्हीं ने अपनी इच्छा प्रकट की कि मैं क्रांतिकारी दल का पुनः संगठन करूँ। गत जीवन के अनुभव से मेरा हृदय अत्यंत दुखित था। मेरा साहस न देखकर इन लोगों ने बहुत उत्साहित किया और कहा कि हम आपको केवल निरीक्षण का कार्य देंगे, बाकी सब कार्य स्वयं करेंगे। कुछ मनुष्य हमने पहले जुटा लिये हैं, धन की कमी न होगी, आदि। मान्य पुरुषों की प्रवृत्ति देखकर मैंने भी स्वीकृति दे दी। मेरे पास जो अस्त्र–शस्त्र थे, मैंने दिए। जो दल उन्होंने एकत्रित किया था, उसके नेता से मुझे मिलाया। उसकी वीरता की बड़ी प्रशंसा की। वह एक अशिक्षित ग्रामीण पुरुष था। मेरी समझ में आ गया कि बदमाशों का या स्वार्थी जनों का कोई संगठन है। मुझसे उस दल के नेता ने दल का कार्य निरीक्षण करने की प्रार्थना की। दल में कई फौज से आए हुए लड़ाई पर से वापस किए गए व्यक्ति भी थे। मुझे इस प्रकार के व्यक्तियों से कभी कोई काम न पड़ा था। मैं दो–एक महानुभावों को साथ ले इन लोगों का कार्य देखने के लिए गया।

थोड़े दिनों बाद इस दल के नेता महाशय वेश्या को भी ले आए। उसे रिवाल्वर दिखाया कि यदि कहीं गई तो गोली मार दी जाएगी। यह समाचार सुन उसी दल के दूसरे सदस्य ने बड़ा क्रोध प्रकाशित किया और मेरे पास खबर भेजने का प्रबंध किया। उसी समय एक दूसरा आदमी पकड़ा गया, जो नेता महाशय को जानता था। नेता महाशय रिवाल्वर तथा कुछ सोने के आभूषणों सहित गिरफ्तार हो गए। उनकी वीरता की बड़ी प्रशंसा सुनी थी, जो इस प्रकार प्रकट हुई कि कई

आदमियों के नाम पुलिस को बताए और इकबाल कर लिया। लगभग तीस–चालीस आदमी पकड़े गए।

एक दूसरा व्यक्ति जो बहुत वीर था। पुलिस उसके पीछे पड़ी हुई थी। एक दिन पुलिस कप्तान ने सवार तथा तीस–चालीस बंदूक वाले सिपाही लेकर उसके घर में उसे घेर लिया। उसने छत पर चढ़कर दोनाली कारतूसी बंदूक से लगभग तीन सौ फायर किए। बंदूक गरम होकर गल गई। पुलिस वाले समझे कि घर में एक आदमी है। सब पुलिस वाले छिपकर आड़ में से सुबह की प्रतीक्षा करने लगे। उसने मौका पाया, मकान के पीछे से कूद पड़ा। एक सिपाही ने देख लिया। उसने सिपाही की नाक पर रिवाल्वर का कुंढा मारा। सिपाही चिल्लाया। सिपाही के चिल्लाते ही मकान में से एक फायर हुआ। पुलिस वाले समझे मकान में ही है। सिपाही को धोखा हुआ होगा। बस, वह जंगल में निकल गया। अपनी स्त्री को एक टोपीदार बंदूक दे आया था कि यदि चिल्लाहट हो तो एक फायर कर देना। ऐसा ही हुआ। वह निकल गया। जंगल में जाकर एक दूसरे दल से मिला। जंगल में भी एक समय पुलिस कप्तान से सामना हो गया। गोली चली। उसके भी पैर में छर्रे लगे थे। अब यह बड़े साहसी हो गए थे। समझ गए थे कि पुलिस वाले किस प्रकार समय पर आड़ में छिप जाते हैं। इन लोगों का दल छिन्न–भिन्न हो गया था। अतः उन्होंने मेरे पास आश्रय लेना चाहा। मैंने बड़ी कठिनता से अपना पीछा छुड़ाया। तत्पश्चात् ये जंगल में जाकर दूसरे दल से मिल गए। वहाँ पर दुराचार के कारण जंगल के दल के नेता ने इन्हें गोली से मार दिया। उस नेता को भी समय पाकर उसके साथी ने गोली से मार दिया। इस प्रकार सब दल छिन्न–भिन्न हो गया। जो पकड़े गए उन पर कई डकैतियाँ चलीं। किसी को तीस साल, किसी को पचास साल, किसी को बीस साल की सजाएँ हुईं। एक बेचारा, जिसका किसी डकैती से कोई संबंध न था, केवल शत्रुता के कारण फंसा दिया गया। उसे फाँसी हो गई और जो सब प्रकार डकैतियों में सम्मिलित था, जिसके पास डकैती का माल तथा कुछ हथियार पाए गए, पुलिस से गोली भी चली, उसे पहले फाँसी की सजा की आज्ञा हुई, पर पैरवी अच्छी हुई, अतएव हाईकोर्ट से फाँसी की सजा माफ हो गई, केवल पाँच वर्ष की सजा रह गई। जेल वालों से मिलकर उसने डकैतियों में शिनाख्त न

होने दी थी। इस प्रकार इस दल की समाप्ति हुई। दैवयोग से हमारे अस्त्र बच गए। केवल एक ही रिवाल्वर पकड़ा गया।

नोट बनाना

इसी बीच मेरे एक मित्र की एक नोट बनाने वाले महाशय से भेंट हुई। उन्होंने बड़ी–बड़ी आशाएं बांधी। बड़ी लम्बी–लम्बी स्कीम बांधने के पश्चात् मुझसे कहा कि एक नोट बनाने वाले से भेंट हुई है। बड़ा दक्ष पुरुष है। मुझे भी बना हुआ नोट देखने की बड़ी उत्कट इच्छा थी। मैंने उन सज्जन के दर्शन की इच्छा प्रकट की। जब उक्त नोट बनाने वाले महाशय मुझे मिले तो बड़े कौतूहलोत्पादक बाते कीं। मैंने कहा कि मैं स्थान तथा आर्थिक सहायता दूँगा, नोट बनाओ। जिस प्रकार उन्होंने मुझसे कहा, मैंने सब प्रबंध कर दिया, किंतु मैंने कह दिया कि नोट बनाते समय मैं वहाँ उपस्थित रहूँगा, मुझे बताना कुछ मत, पर मैं नोट बनाने की रीति अवश्य देखना चाहता हूँ। पहले–पहल उन्होंने दस रुपये का नोट बनाने का निश्चय किया। मुझसे एक दस रुपए का नया साफ नोट मँगाया। नौ रुपए दवा खरीदने के बहाने से ले गए। रात्रि में नोट बनाने का प्रबंध हुआ। दो शीशे लाए। कुछ कागज भी लाए। दो–तीन शीशियों में कुछ दवाई थी। दवाइयों को मिलाकर एक प्लेट में सादे कागज पानी में भिगोए। मैं जो साफ नोट लाया था, उस पर एक सादा कागज लगाकर दोनों को दूसरी दवा डालकर धोया। फिर दो सादे कागजों में लपेट एक पुड़िया–सी बनाई और अपने एक साथी को दी कि उसे आग पर गरम कर लाए। आग वहाँ से कुछ दूर पर जलती थी। कुछ समय तक वह आग पर गरम करता रहा और पुड़िया लाकर वापस दे दी। नोट बनाने वाले ने पुड़िया खोलकर दोनों शीशों में दबाकर शीशों को दवा से धोया और फीते से शीशों को बांधकर रख दिया और कहा कि दो घण्टे में नोट बन जाएगा। शीशे रख दिए। बातचीत होने लगी। कहने लगा, "इस प्रयोग में बड़ा व्यय होता है। छोटे–छोटे नोट बनाने से कोई लाभ नहीं। बड़े नोट बनाने चाहिए, जिससे पर्याप्त धन की प्राप्ति हो।" इस प्रकार मुझे भी सिखा देने का वचन दिया। मुझे कुछ कार्य था। मैं जाने लगा तो वह भी चला गया। दो घण्टे के बाद आने का निश्चय हुआ।

मैं विचारने लगा कि किस प्रकार एक नोट के ऊपर दूसरा सादा कागज रखने से नोट बन जाएगा। मैंने प्रेस का काम सीखा था। थोड़ी बहुत फोटोग्राफी भी जानता था। साइंस (विज्ञान) का भी अध्ययन किया था। कुछ समझ में न आया कि नोट सीधा कैसे छपेगा। सबसे बड़ी बात यह थी कि नंबर कैसे छपेंगे। मुझे बड़ा भारी संदेह हुआ। दो घण्टे बाद मैं जब गया तो रिवाल्वर भरकर जेब में डालकर ले गया। यथासमय महाशय आये। उन्होंने शीशे खोलकर कागज निकालकर उन्हें फिर एक दवा से धोया। अब दोनों कागज खोले। एक मेरा लाया हुआ नोट और दूसरा एक दस रुपये का नोट उसी के ऊपर से उतारकर सुखाया। कहा–"कितना साफ नोट है!" मैंने हाथ में लेकर देखा। दोनों नोटों के नंबर मिलाये। नंबर नितांत भिन्न–भिन्न थे। मैंने जेब से रिवाल्वर निकाल नोट बनाने वाले महाशय की छाती पर रख कर कहा "बदमाश! इस तरह ठगता फिरता है?" वह कांपकर गिर पड़ा! मैंने उसको उसकी मूर्खता समझाई कि यह ढोंग ग्रामवासियों के सामने चल सकता है, अनजान पढ़े–लिखे भी धोखे में आ सकते हैं। किंतु तू मुझे धोखा देने आया है! अंत में मैंने उससे प्रतिज्ञा–पत्र लिखाकर, उस पर उसके हाथों की दसों अंगुलियों के निशान लगवाए कि वह ऐसा काम फिर न करेगा। दसों अंगुलियों के निशान देने में उसने कुछ ढील की। मैंने रिवाल्वर उठाकर कहा कि गोली चलती है, उसने तुरंत दसों अंगुलियों के निशान बना दिए। बुरी तरह कांप रहा था। मेरे उन्नीस रुपये खर्च हो चुके थे मैंने दोनों नोट रख लिए और शीशे, दवाएँ इत्यादि सब छीन लीं कि मित्रों को तमाशा दिखाऊँगा। तत्पश्चात् उन महाशय को विदा किया। उसने किया यह था कि जब अपने साथी को आग पर गरम करने के लिए कागज की पुड़िया दी थी, उसी समय वह साथी सादे कागज की पुड़िया बदलकर दूसरी पुड़िया ले आया जिसमें दोनों नोट थे। इस प्रकार नोट बन गया। इस प्रकार का एक बड़ा भारी दल है, जो सारे भारतवर्ष में ठगी का काम करके हजारों रुपये पैदा करता है। मैं एक सज्जन को जानता हूँ जिन्होंने इसी प्रकार पचास हजार से अधिक रुपए पैदा कर लिए। होता यह है कि ये लोग अपने एजेंट रखते हैं। वे एजेंट साधारण पुरुषों के पास जाकर नोट बनाने की कथा कहते हैं। आता धन किसे बुरा लगता है? वे नोट बनवाते हैं। इस प्रकार पहले दस का नोट बनाकर दिया, वे बाजार में

बेच आये। सौ रुपये का बनाकर दिया वह भी बाजार में चलाया, और चल क्यों न जाये? इस प्रकार के सब नोट असली होते हैं। वे तो केवल चाल से रख दिए जाते हैं। इसके बाद कहा कि हजार या पाँच सौ का नोट लाओ तो कुछ धन भी मिले। जैसे–तैसे करके बेचारा एक हजार का नोट लाया। सादा कागज रखकर शीशे में बांध दिया। हजार का नोट जेब में रखा और चंपत हुए। नोट के मालिक रास्ता देखते हैं, वहाँ नोट बनाने वालों का पता ही नहीं! अंत में विवश हो शीशों को खोला जाता है, तो दो सादे कागजों के अलावा कुछ नहीं मिलता वे अपने सिर पर हाथ मारकर रह जाते हैं। इस डर से कि यदि पुलिस को मालूम हो गया तो और लेने के देने पड़ेंगे, किसी से कुछ कह भी नहीं सकते। कलेजा मसोसकर रह जाते हैं। पुलिस ने इस प्रकार के कुछ अभियुक्तों को गिरफ्तार भी किया, किंतु ये लोग पुलिस को नियमपूर्वक चौथ देते रहते हैं और इस कारण बचे रहते हैं।

चालबाजी

कई महानुभावों ने गुप्त समिति नियमादि बनाकर मुझे दिखाए। उनमें एक नियम यह भी था कि जो व्यक्ति समिति का कार्य करें, उन्हें समिति की ओर से कुछ मासिक दिया जाए। मैंने इस नियम को अनिवार्य रूप में मानना अस्वीकार किया। मैं यहाँ तक सहमत था कि जो व्यक्ति सर्व–प्रकारेण समिति के कार्य में अपना समय व्यतीत करें, उनको केवल गुजारा–मात्र समिति की ओर से दिया जा सकता है। जो लोग किसी व्यवस्था को करते हैं, उन्हें किसी प्रकार का मासिक भत्ता देना उचित न होगा। जिन्हें समिति के कोष में से कुछ दिया जाए, उनको भी कुछ व्यवसाय करने का प्रबंध करना उचित है, ताकि ये लोग सर्वथा समिति की सहायता पर निर्भर रहकर निरे भाड़े के टट्टू न बन जाएँ। भाड़े के टट्टुओं से समिति का कार्य लेना, जिसमें कतिपय मनुष्यों के प्राणों का उत्तरदायित्व हो और थोड़ा–सा भेद खुलने से ही बड़ा भयंकर परिणाम हो सकता है, उचित नहीं है। तत्पश्चात् उन महानुभावों की सम्मति हुई कि एक निश्चित कोष समिति के सदस्यों को देने के निमित्त स्थापित किया जाए, जिसकी आय का ब्यौरा इस प्रकार हो कि डकैतियों से

जितना धन प्राप्त हो उसका आधा समिति के कार्यों में व्यय किया जाए और आधा समिति के सदस्यों को बराबर–बराबर बाँट दिया जाए। इस प्रकार के परामर्श से मैं सहमत न हो सका और मैंने इस प्रकार की गुप्त समिति में, कि जिसका एक उद्देश्य पेट–पूर्ति हो, योग देने से इंकार कर दिया। जब मेरी इस प्रकार की दृष्टि देखी तो उन महानुभावों ने आपस में षड्यंत्र रचा।

जब मैंने उन महानुभावों के परामर्श तथा नियमादि को स्वीकार न किया तो वे चुप हो गए। मैं भी कुछ समझ न सका कि जो लोग मुझमें इतनी श्रद्धा रखते थे, जिन्होंने कई प्रकार की आशाएँ देखकर मुझसे क्रांतिकारी दल का पुनर्संगठन करने की प्रार्थनाएँ की थीं, अनेक प्रकार की उम्मीदें बंधाई थीं, सब कार्य स्वयं करने के वचन दिये थे, वे लोग ही मुझसे इस प्रकार के नियम बनाने की माँग करने लगे। मुझे बड़ा आश्चर्य हुआ। प्रथम प्रयत्न में, जिस समय मैं मैनपुरी षड्यंत्र के सदस्यों के साथ कार्य करता था, उस समय हममें से कोई भी अपने व्यक्तिगत (प्राइवेट) खर्च में समिति का धन व्यय करना पूर्ण पाप समझता था। जहाँ तक हो सकता अपने खर्च के लिए माता–पिता से कुछ लाकर प्रत्येक सदस्य समिति के कार्यों में धन व्यय किया करता था। इस कारण मेरा साहस इस प्रकार के नियमों में सहमत होने का न हो सका। मैंने विचार किया कि यदि कोई समय आया और किसी प्रकार अधिक धन प्राप्त हुआ, तो कुछ सदस्य ऐसे स्वार्थी हो सकते हैं, जो अधिक धन लेने की इच्छा करें, और आपस में वैमनस्य बढ़े। उसके परिणाम बड़े भयंकर हो सकते हैं। अतः इस प्रकार के कार्य में योग देना मैंने उचित न समझा।

मेरी यह अवस्था देख इन लोगों ने आपस में षड्यंत्र रचा, कि जिस प्रकार मैं कहूँ वे नियम स्वीकार कर लें और विश्वास दिलाकर जितने अस्त्र–शस्त्र मेरे पास हों, उनको मुझसे लेकर सब पर अपना आधिपत्य जमा लें। यदि मैं अस्त्र–शस्त्र मागूँ तो मुझसे युद्ध किया जाए, और आ पड़े तो मुझे कहीं ले जाकर जान से मार दिया जाए। तीन सज्जनों ने इस प्रकार का षड्यंत्र रचा और मुझसे चालबाजी करनी चाही। दैवात् उनमें से एक सदस्य के मन में कुछ दया आ गई। उसने आकर मुझसे सब भेद कह दिया। मुझे सुनकर बड़ा खेद हुआ कि जिन व्यक्तियों को मैं पिता तुल्य मानकर श्रद्धा करता हूँ, वे ही मेरे नाश करने के लिए इस

प्रकार नीचता का कार्य करने को उद्यत हैं। मैं संभल गया। मैं उन लोगों से सतर्क रहने लगा कि पुनः प्रयाग जैसी घटना न घटे। जिन महाशय ने मुझसे भेद कहा था, उनकी उत्कट इच्छा थी कि वह एक रिवाल्वर रखें और इच्छा–पूर्ति के लिए उन्होंने मेरा विश्वासपात्र बनने के कारण मुझसे भेद कहा था। मुझसे एक रिवाल्वर माँगा कि मैं उन्हें कुछ समय के लिए रिवाल्वर दे दूँ। यदि मैं उन्हें रिवाल्वर दे देता तो वह उसे हजम कर जाते। मैं कर ही क्या सकता था? और अब रिवाल्वर इत्यादि पाना कोई सरल कार्य भी न था। बाद में बड़ी कठिनता से इन चालबाजियों से अपना पीछा छुड़ाया।

अब सब ओर से चित्त को हटाकर बड़े मनोयोग से नौकरी में समय व्यतीत करने लगा। कुछ रुपया इकट्ठा करने के विचार से, कुछ कमीशन इत्यादि का प्रबंध कर लेता था। इस प्रकार पिताजी का थोड़ा–सा भार बंटाया। सबसे छोटी बहन का विवाह नहीं हुआ था। पिताजी के सामर्थ्य के बाहर था कि उस बहन का विवाह किसी भले घर में कर सकते। मैंने रुपया जमा करके बहन का विवाह एक अच्छे जमींदार के यहाँ कर दिया। पिताजी का भार उतर गया। अब केवल माता, पिता, दादी तथा छोटे भाई थे, जिनके भोजन का प्रबंध होना अधिक कठिन काम न था। अब माताजी की उत्कट इच्छा हुई कि मैं भी विवाह कर लूँ। कई अच्छे–अच्छे संबंध के सुयोग एकत्रित हुए। किंतु मैं विचारता था कि जब तक पर्याप्त धन पास न हो, विवाह–बंधन में फंसना ठीक नहीं। मैंने रेशमी कपड़ा बुनने का एक निजी कारखाना खोल दिया। बड़े मनोयोग तथा परिश्रम से कार्य किया। परमात्मा की दया से अच्छी सफलता हुई। एक–डेढ़ साल में ही मेरा कारखाना चमक गया। तीन–चार हजार की पूँजी में कार्य आरंभ किया था। एक साल बाद सब खर्च निकालकर लगभग दो हजार रुपये का लाभ हुआ। मेरा उत्साह और भी बढ़ा। मैंने एक–दो व्यवसाय और भी प्रारंभ किए। उसी समय मालूम हुआ कि संयुक्त–प्रान्त में क्रांतिकारी दल का पुनर्संगठन हो रहा है। कार्यारंभ हो गया है। मैंने भी योग देन का वचन दिया, किंतु उस समय मैं अपने व्यवसाय में बुरी तरह फँसा हुआ था। मैंने छः मास का समय लिया कि छः मास में, मैं अपने व्यवसाय को अपने साझी को सौंप दूँगा, और अपने आपको उसमें से निकाल लूँगा, तब स्वतंत्रतापूर्वक क्रांतिकारी कार्य

में योग दे सकूँगा। छः मास तक मैंने अपने कारखाने का सब काम साफ करके अपने साझी को सब काम समझा दिया, तत्पश्चात् अपने वचनानुसार कार्य में योग देने का उद्योग किया।

चतुर्थ खंड

बृहत् संगठन

यद्यपि मैं अपना निश्चय कर चुका था कि अब इस प्रकार के कार्यों में कोई भाग न लूँगा, तथापि मुझे पुनः क्रांतिकारी आंदोलन में हाथ डालना पड़ा। जिसका कारण यह था कि मेरी तृष्णा न बुझी थी, मेरे दिल के अरमान न निकले थे। असहयोग आंदोलन शिथिल हो चुका था। पूर्ण आशा थी कि जितने देश के नवयुवक इस आंदोलन में भाग लेते थे, उनमें अधिकतर क्रांतिकारी आंदोलन में सहायता देंगे और पूरी लगन से काम करेंगे। जब कार्य आरंभ हो गया और असहयोगियों को टटोला तो वे आंदोलन से कहीं अधिक शिथिल हो चुके थे। उनकी आशाओं पर पानी फिर चुका था। निज की पूँजी समाप्त हो चुकी थी। घर में व्रत हो रहे थे। आगे की भी कोई विशेष आशा न थी। कांग्रेस में भी स्वराज्य दल का जोर हो गया था। जिनके पास कुछ धन तथा इष्ट मित्रों का संगठन था, वे कौंसिलों तथा असेंबली के सदस्य बन गए। ऐसी अवस्था में यदि क्रांतिकारी संगठनकर्ताओं के पास पर्याप्त धन होता तो वे असहयोगियों को हाथ में लेकर उनसे काम ले सकते थे। कितना भी सच्चा काम करने वाला हो, किंतु पेट तो सबके हैं। दिनभर में थोड़ा–सा अन्न क्षुधा–निवृत्ति के लिए मिलना परमावश्यक है। फिर शरीर ढकने की भी आवश्यकता होती है। अतएव कुछ प्रबंध ही ऐसा होना चाहिए, जिसमें दैनिक आवश्यकताएँ पूरी हो जाएँ। जितने धनी–मानी स्वदेश–प्रेमी थे उन्होंने असहयोग आंदोलन में पूर्ण सहायत दी थी। फिर भी कुछ ऐसे कृपालु सज्जन थे, जो थोड़ी–बहुत आर्थिक सहायता देते थे। किंतु प्रांत–भर के प्रत्येक जिले में संगठन करने का विचार था। पुलिस की दृष्टि बचाने के लिए भी पूर्ण प्रयत्न करना पड़ता

था। ऐसी परिस्थिति में साधारण नियमों को काम में लाते हुए कार्य करना बड़ा कठिन था। अनेक प्रयासों के पश्चात् कुछ भी सफलता न होती थी। दो–चार जिलों में संगठनकर्ता नियुक्त किए गए थे, जिनको कुछ मासिक गुजारा दिया जाता था। पाँच–दस महीने तक इस प्रकार कार्य चलता रहा। बाद में जो सहायक कुछ आर्थिक सहायता देते थे, उन्होंने भी हाथ खींच लिया। अब हम लोगों की अवस्था बहुत खराब हो गई। सब कार्यभार मेरे ही ऊपर आ चुका था। कोई भी किसी प्रकार की मदद न देता था। जहाँ–तहाँ से पृथक्–पृथक् जिलों में कार्य करने वाले मासिक व्यय की माँग कर रहे थे। कई मेरे पास आए भी। मैंने कुछ रुपया कर्ज लेकर उन लोगों को एक मास का खर्च दिया। कइयों पर कुछ कर्ज भी हो चुका था। मैं कर्ज न निपटा सका। एक केन्द्र के कार्यकर्ता को जब पर्याप्त धन न मिल सका, तो वह कार्य छोड़कर चले गए। मेरे पास क्या प्रबंध था, जो मैं उसकी उदर–पूर्ति कर सकता? अद्‌भुत समस्या थी! किसी तरह उन लोगों को समझाया।

थोड़े दिनों में क्रांतिकारी पर्चे आए। सारे देश में निश्चित तिथि पर पर्चे बाटे गए। रंगून, बंबई, लाहौर, अमृतसर, कलकत्ता तथा बंगाल के मुख्य शहरों तथा संयुक्त प्रांत के सभी मुख्य–मुख्य जिलों में पर्याप्त संख्या में पर्चों का वितरण हुआ। भारत सरकार बड़ी सशंक हुई कि ऐसी कौन–सी और इतनी बड़ी सुसंगठित समिति है, जो एक ही दिन में सारे भारतवर्ष में पर्चे बंट गए। उसी के बाद मैंने कार्यकारिणी की एक बैठक करके जो केन्द्र खाली हो गया था, उसके लिए एक महाशय को नियुक्त किया। केन्द्र में कुछ परिवर्तन भी हुआ, क्योंकि सरकार के पास संयुक्त प्रांत के संबंध में बहुत–सी सूचनाएँ पहुँच चुकी थीं। भविष्य की कार्यप्रणाली का निर्माण किया गया।

कार्यकर्ताओं की दुर्दशा

इस समय समिति के सदस्यों की बड़ी दुर्दशा थी। चने मिलना भी कठिन था। सब पर कुछ–न–कुछ कर्ज हो गया था। किसी के पास साबुत कपड़े तक न थे। कुछ विद्यार्थी बनकर धर्मस्थानों तक में भोजन कर आते थे। चार–पाँच ने अपने–अपने केन्द्र त्याग दिए। पाँच सौ से अधिक

रुपये मैं कर्ज लेकर व्यय कर चुका था। यह दुर्दशा देख मुझे बड़ा कष्ट होने लगा। मुझसे भी भर पेट भोजन न किया जाता था। सहायता के लिए कुछ सहानुभूति रखने वालों का द्वार खटखटाया, किंतु कोरा उत्तर मिला। किंकर्तव्यविमूढ़ था। कुछ समझ में न आता था। कोमल–हृदय नवयुवक मेरे चारों ओर बैठकर कहा करते, "पंडितजी, अब क्या करें?" मैं उनके सूखे–सूखे मुख देख बहुधा रो पड़ता कि स्वदेश–सेवा का व्रत लेने के कारण फकीरों से भी बुरी दशा हो रही है। एक–एक कुर्ता तथा धोती भी ऐसी नहीं थी जो साबुत होती। लंगोट बांधकर दिन व्यतीत करते थे। अंगोछे पहनकर नहाते थे, एक समय क्षेत्र में भोजन करते थे, एक समय दो–दो पैसे के सत्तू खाते थे। मैं पंद्रह वर्ष से एक समय दूध पीता था। इन लोगों की यह दशा देखकर मुझे दूध पीने का साहस न होता था। मैं भी सबके साथ बैठकर सत्तू खा लेता था। मैंने विचार किया कि इतने नवयुवकों के जीवन को नष्ट करके उन्हें कहाँ भेजा जाए? जब समिति का सदस्य बना था, तो लोगों ने बड़ी–बड़ी आशाएँ बंधाई थीं। कइयों का पढ़ना–लिखना छुड़ाकर काम में लगा दिया था। पहले से मुझे यह हालत मालूम होती तो मैं कदापि इस प्रकार की समिति में योग न देता। बुरा फँसा। क्या करूँ, कुछ समझ में नहीं आता था। अंत में धैर्य धारण कर दृढ़तापूर्वक कार्य करने का निश्चय किया।

इसी बीच में बंगाल आर्डिनेंस निकला और गिरफ्तारियाँ हुईं। इनकी गिरफ्तारियों ने यहाँ तक असर डाला कि कार्यकर्ताओं में निष्क्रियता के भाव आ गए। क्या प्रबंध किया जाए, कुछ निर्णय नहीं कर सके। मैंने प्रयत्न किया कि किसी तरह एक सौ रुपया मासिक का कहीं से प्रबंध हो जाए। प्रत्येक केन्द्र के प्रतिनिधि से हर प्रकार से प्रार्थना की थी कि समिति के सदस्यों से कुछ सहायता लें, मासिक चंदा वसूल करें पर किसी ने कुछ न सुनी। कुछ सज्जनों से व्यक्तिगत प्रार्थना की कि वे अपने वेतन में से कुछ मासिक दे दिया करें। किसी ने कुछ ध्यान न दिया। सदस्य रोज मेरे द्वार पर खड़े रहते थे। पत्रों की भरमार थी कि कुछ धन का प्रबंध कीजिए, भूखों मर रहे हैं। दो–एक को व्यवसाय में लगाने का भी इंतजाम किया। दो–चार जिलों में काम बंद कर दिया, वहाँ के कार्यकर्ताओं से स्पष्ट शब्दों में कह दिया कि हम मासिक शुल्क नहीं दे सकते। यदि निर्वाह का कोई दूसरा मार्ग हो, और उस पर ही

निर्भर रहकर कार्य कर सकते हो तो करो। हमसे जिस समय हो सकेगा देंगे, किंतु मासिक वेतन देने के लिए हम बाध्य नहीं। कोई बीस रुपये कर्ज के माँगता था, कोई पचास का बिल भेजता था, और कइयों ने असंतुष्ट होकर कार्य छोड़ दिया। मैंने भी समझ लिया–ठीक ही है, पर इतना करने पर भी गुजर न हो सकी।

अशांत युवक–दल

कुछ महानुभावों की प्रकृति होती है कि अपनी कुछ शान जमाना या अपने आपको बड़ा दिखाना, अपना कर्त्तव्य समझते हैं, जिससे भयंकर हानियाँ हो जाती हैं। भोले–भाले आदमी ऐसे मनुष्यों में विश्वास करके उनमें आशातीत साहस, योग्यता तथा कार्यदक्षता की आशा करके उन पर श्रद्धा रखते हैं। किंतु समय आने पर यह निराशा के रूप में परिणित हो जाती है। इस प्रकार के मनुष्यों की किन्हीं कारणवश यदि प्रतिष्ठा हो गई, अथवा अनुकूल परिस्थितियों के उपस्थित हो जाने से उन्होंने किसी उच्च कार्य में योगदान दे दिया, तब तो फिर वे अपने आपको बड़ा भारी कार्यकर्ता जाहिर करते हैं। जनसाधारण भी अंधविश्वास से उनकी बातों पर विश्वास कर लेते हैं, विशेषकर नवयुवक तो इस प्रकार के मनुष्यों के जाल में शीघ्र ही फंस जाते हैं। ऐसे ही लोग नेतागिरी की धुन में अपनी डेढ़ चावल की खिचड़ी अलग पकाया करते हैं। इसी कारण पृथक्–पृथक् दलों का निर्माण होता है। इस प्रकार के मनुष्य प्रत्येक समाज तथा प्रत्येक जाति में पाए जाते हैं। इनसे क्रांतिकारी दल भी मुक्त नहीं रह सकता। नवयुवकों का स्वभाव चंचल होता है, वे शांत रहकर संगठित कार्य करना बड़ा दुष्कर समझते हैं। उनके हृदय में उत्साह की उमंगें उठती हैं। वे समझते हैं दो–चार अस्त्र हाथ आए कि हमने गवर्नमेंट को नाकों चने चबवा दिए। मैं भी जब क्रांतिकारी दल में योग देने का विचार कर रहा था, उस समय मेरी उत्कण्ठा थी कि यदि एक रिवाल्वर मिल जाए तो दस–बीस अंग्रेजों को मार दूँ। इस प्रकार के भाव मैंने कई नवयुवकों में देखे। उनकी बड़ी प्रबल हार्दिक इच्छा होती है कि किसी प्रकार एक रिवाल्वर या पिस्तौल उनके हाथ लग जाए तो वे उसे अपने पास रख लें।

मैंने उनसे रिवाल्वर पास रखने का लाभ पूछा, तो कोई संतोषजनक उत्तर नहीं दे सके। कई युवकों को मैंने इस शौक को पूरा करने में सैकड़ों रुपये बरबाद करते भी देखा है। किसी क्रांतिकारी आंदोलन के सदस्य नहीं, कोई विशेष कार्य भी नहीं, महज शौकिया रिवाल्वर पास रखेंगे। ऐसे ही थोड़े से युवकों का एक दल एक महोदय ने भी एकत्रित किया। ये सब बड़े सच्चरित्र, स्वाभिमानी और सच्चे कार्यकर्ता थे। इस दल ने विदेश से अस्त्र प्राप्त करने का बड़ा उत्तम सूत्र प्राप्त किया था, जिससे यथारुचि पर्याप्त अस्त्र मिल सकते थे। उन अस्त्रों के दाम भी अधिक न थे। अस्त्र भी पर्याप्त संख्या में बिल्कुल नये मिलते थे। यहाँ तक प्रबंध हो गया था कि यदि हम लोग रुपये का उचित प्रबंध कर देंगे, और यथासमय मूल्य निपटा दिया करेंगे, तो हमको माल उधार भी मिल जाया करेगा और हमें जब, जिस प्रकार के, जितनी संख्या में अस्त्रों की आवश्यकता होगी, मिल जाया करेंगे। यही नहीं समय आने पर हम विशेष प्रकार की, मशीन वाली बंदूकें भी बनवा सकेंगे। इस समय समिति की आर्थिक अवस्था बड़ी खराब थी। इस सूत्र के हाथ लग जाने और इसके लाभ उठाने की इच्छा होने पर भी बिना रुपये के कुछ होता दिखलाई न पड़ता था। रुपये का प्रबंध करना नितांत आवश्यक था। किंतु वह हो कैसे? दान कोई देता न था, कर्ज भी न मिलता था, और कोई उपाय न देख डाका डालना तय हुआ। किंतु किसी व्यक्ति विशेष की संपत्ति पर डाका डालना हमें अच्छा नहीं लगता था। सोचा, यदि लूटना है तो सरकारी माल क्यों न लूटा जाए? इसी उधेड़बुन में एक दिन मैं रेल में जा रहा था। गार्ड के डिब्बे के पास की गाड़ी में बैठा था। स्टेशन मास्टर एक थैली लाया और गार्ड के डब्बे में डाल गया। कुछ खटपट की आवाज हुई। मैंने उतर कर देखा कि एक लोहे का संदूक रखा है। विचार किया कि इसी में थैली डाली होगी। अगले स्टेशन पर उसमें थैली डालते भी देखा। अनुमान किया लोहे के संदूक गार्ड के डिब्बे में जंजीर से बंधा रहता होगा, ताला पड़ा रहता होगा, आवश्यकता होने पर ताला खोलकर उतार लेते होंगे। इसके थोड़े दिनों बाद लखनऊ स्टेशन पर जाने का अवसर प्राप्त हुआ। देखा एक गाड़ी में से कुली लोहे के आमदनी वाले संदूक उतार रहे हैं। निरीक्षण करने से मालूम हुआ कि उनमें जंजीर ताला

कुछ नहीं पड़ता, यों ही रखे जाते हैं। उसी समय निश्चय किया कि इसी पर हाथ मारूँगा।

रेलवे डकैती

उसी समय से धुन सवार हुई। तुरंत स्थान पर जा टाइम–टेबुल देखकर अनुमान किया कि सहारनपुर से गाड़ी चलती है, लखनऊ तक अवश्य दस हजार रुपये रोज की आमदनी होती होगी। सब बातें ठीक करके कार्यकर्ताओं का संग्रह किया। दस नवयुवकों को लेकर विचार किया कि किसी छोटे स्टेशन पर जब गाड़ी खड़ी हो, स्टेशन के तारघर पर अधिकार कर लें, और गाड़ी का संदूक उतारकर तोड़ डालें, जो कुछ मिले उसे लेकर चल दें, परंतु इस कार्य में मनुष्यों की अधिक संख्या की आवश्यकता थी। इसी कारण यही निश्चय किया कि गाड़ी की जंजीर खींचकर चलती गाड़ी को खड़ा करके तब लूटा जाए। संभव है कि तीसरे दर्जे की जंजीर खींचने से गाड़ी न खड़ी हो, क्योंकि तीसरे दर्जे में बहुधा प्रबंध ठीक नहीं रहता है। इस कारण से दूसरे दर्जे की जंजीर खींचने का प्रबंध किया। सब लोग उसी ट्रेन में सवार थे। गाड़ी खड़ी होने पर सब उतरकर गार्ड के डिब्बे के पास पहुँच गए। लोहे का संदूक उतारकर छेनियों से काटना चाहा, छेनियों ने काम न दिया, तब कुल्हाड़ा चला।

मुसाफिरों से कह दिया कि सब गाड़ी में चढ़ जाओ। गाड़ी का गार्ड गाड़ी में चढ़ना चाहता था, पर उसे जमीन पर लेट जाने की आज्ञा दी, ताकी बिना गार्ड के गाड़ी न जा सके। दो आदमियों को नियुक्त किया कि वे लाइन की पगडण्डी को छोड़कर घास में खड़े होकर गाड़ी से हटे हुए गोली चलाते रहें। एक सज्जन गार्ड के डिब्बे से उतरे। उनके पास भी माउजर पिस्तौल था। विचारा कि ऐसा शुभ अवसर जाने कब हाथ आए। माउजर पिस्तौल काहे को चलाने को मिलेगा? उमंग जो आई, सीधी करके दागने लगे। मैंने जो उनको देखा तो डाँटा, क्योंकि गोली चलाने की उनकी ड्यूटी (काम) ही नहीं थी। फिर यदि कोई मुसाफिर कौतूहलवश बाहर को सिर निकाले तो उसके गोली जरूर लग जाए। हुआ भी ऐसा ही, जो व्यक्ति रेल से उतरकर अपनी स्त्री के पास जा रहा

था, मेरा ख्याल है कि इन्हीं महाशय की गोली उसके लग गई, क्योंकि जिस समय यह महाशय संदूक नीचे डालकर गार्ड के डिब्बे से उतरे थे, केवल दो–तीन फायर हुए थे। उसी समय स्त्री ने कोलाहल किया होगा और उसका पति उसके पास जा रहा था, जो उक्त महाशय की उमंग का शिकार हो गया। मैंने यथाशक्ति पूर्ण प्रबंध किया था कि जब तक कोई बंदूक लेकर सामना करने न आए, या मुकाबले में गोली न चले तब तक किसी आदमी पर फायर न होने पाए। मैं नर–हत्या कराके डकैती को भीषण रूप देना नहीं चाहता था। फिर भी मेरा कहा न मानकर अपना काम छोड़ गोली चला देने का यह परिणाम हुआ। गोली चलाने की ड्यूटी जिनको मैंने दी थी वे बड़े दक्ष तथा अनुभवी मनुष्य थे, उनसे भूल होना असंभव है। उन लोगों को मैंने देखा कि वे अपने स्थान से पाँच मिनट बाद पाँच फायर करते थे। यही मेरा आदेश था।

संदूक तोड़ तीन गठरियों में थैलियां बांधीं। सबसे कई बार कहा– देख लो कोई समान रह तो नहीं गया। इस पर भी एक महाशय चद्दर डाल आए। रास्ते में थैलियों से रुपया निकालकर गठरी बाँधी और उसी समय लखनऊ शहर में जा पहुँचे। किसी ने पूछा भी नहीं, कौन हो, कहाँ से आये हो? इस प्रकार दस आदमियों ने एक गाड़ी को रोककर लूट लिया। उस गाड़ी में चौदह मनुष्य ऐसे थे, जिनके पास बंदूक या रायफलें थीं। दो अंग्रेज सशस्त्र फौजी जवान भी थे, पर सब शांत रहे। ड्राइवर महाशय तथा एक इंजीनियर महाशय दोनों का बुरा हाल था। वे दोनों अंग्रेज थे। ड्राइवर महाशय इंजन में लेटे रहे। इंजीनियर महाशय पाखाने में जा छिपे। हमने कह दिया था कि मुसाफिरों से कुछ न बोलेंगे सरकार का माल लूटेंगे। इस कारण मुसाफिर भी शांतिपूर्वक बैठे रहे। समझे तीस–चालीस आदमियों ने गाड़ी को चारों ओर से घेर लिया है। केवल दस युवकों ने इतना बड़ा आतंक फैला दिया। साधारणतः इस बात पर बहुत से मनुष्य विश्वास करने में भी संकोच करेंगे कि दस नवयुवकों ने गाड़ी खड़ी करके लूट ली। जो भी हो वास्तव में बात यही थी। इन दस कार्यकर्ताओं में अधिकतर तो ऐसे थे जो आयु में सिर्फ लगभग बाईस वर्ष के होंगे, और जो शरीर से बड़े पुष्ट भी न थे। इस सफलता को देखकर मेरा साहस बहुत बढ़ गया। मेरा जो विचार था, वह अक्षरशः सत्य सिद्ध हुआ। पुलिस वालों की वीरता का मुझे अंदाजा था। इस

घटना से भविष्य के कार्य की बहुत बड़ी आशा बंध गई। नवयुवकों का भी उत्साह बढ़ गया। जितना कर्ज़ा था निपटा दिया। अस्त्रों की खरीद के लिये लगभग एक हजार रुपये भेज दिए। प्रत्येक केन्द्र के कार्यकर्ता को यथास्थान भेजकर दूसरे प्रान्तों में भी कार्य–विस्तार करने का निर्णय करके कुछ प्रबंध किया। एक युवक–दल ने बम बनाने का प्रबंध किया, मुझसे सहायता चाही। मैंने आर्थिक सहायता देकर अपना एक सदस्य भेजने का वचन दिया। किंतु कुछ त्रुटियाँ हुईं, जिससे संपूर्ण दल अस्त–व्यस्त हो गया।

मैं इस विषय में कुछ भी न जान सका कि दूसरे देश के क्रांतिकारियों ने प्रारंभिक अवस्था में हम लोगों की भांति प्रयत्न किया या नहीं। यदि पर्याप्त अनुभव होता तो इतनी साधारण भूलें न करते। त्रुटियों के होते हुए भी कुछ भी न बिगड़ता और न कुछ भेद खुलता, न इस अवस्था को पहुँचते, क्योंकि मैंने जो संगठन किया था उसमें किसी ओर से मुझे कमजोरी न दिखाई देती थी। कोई भी किसी प्रकार की त्रुटि न समझ सकता था। इसी कारण आँख बंद किए बैठे रहे। किंतु आस्तीन में सांप छिपा हुआ था, ऐसा गहरा मुँह मारा कि चारों खाने चित्त कर दिया।

जिन्हें हम हार समझते थे गला अपना सजाने को,
वही अब नाग बन बैठे, हमें ही काट खाने को।

नवयुवकों में आपस की होड़ के कारण बहुत विवाद तथा कलह भी हो जाती थी, जो भयंकर रूप धारण कर लेती। मेरे पास जब मामला आता तो मैं प्रेमपूर्वक समिति की दशा का अवलोकन कराके, सबको शांत कर देता। कभी नेतृत्व को लेकर वाद–विवाद चल जाता। एक केन्द्र के निरीक्षण से वहाँ कार्यकर्ता अत्यंत असंतुष्ट थे। क्योंकि निरीक्षक से अनुभवहीनता के कारण कुछ भूलें हो गई थीं। यह अवस्था देख मुझे बड़ा खेद तथा आश्चर्य हुआ, क्योंकि नेतागिरी का भूत सबसे भयानक होता है। जिस समय से यह भूत खोपड़ी पर सवार होता है, उसी समय से सब काम चौपट हो जाता है। केवल एक–दूसरे के दोष देखने में समय व्यतीत होता है और वैमनस्य बढ़कर भयंकर परिणामों का उत्पादन होता है। इस प्रकार के समाचार सुनकर मैंने सबको एकत्रित कर खूब

फटकारा। सब अपनी त्रुटि समझकर पछताए और प्रेमपूर्वक आपस में मिलकर कार्य करने लगे। पर ऐसी अवस्था हो गई थी कि दलबंदी की नौबत आ गई थी। इस प्रकार से तो दलबंदी हो ही गई थी। पर मुझपर सबकी श्रद्धा थी और मेरे वक्तव्य को सब मान लेते थे। सब कुछ होने पर भी मुझे किसी ओर से किसी प्रकार का संदेह न था। किंतु परमात्मा को ऐसा ही स्वीकार था, जो इस अवस्था का दर्शन करना पड़ा।

गिरफ्तारी

काकोरी डकैती होने के बाद से ही पुलिस बहुत सचेत हुई। बड़े जोरों के साथ जाँच आरंभ हो गई। शाहजहाँपुर में कुछ नई मूर्तियों के दर्शन हुए। पुलिस के कुछ विशेष सदस्य मुझ से भी मिले। चारों ओर शहर में यही चर्चा थी कि रेवले डकैती किसने कर ली? उन्हीं दिनों शहर में डकैती के एक–दो नोट निकल आए, अब तो पुलिस की जाँच–पड़ताल और भी बढ़ने लगी। कई मित्रों ने मुझसे कहा भी कि सतर्क रहो। दो एक सज्जन ने निश्चितरूपेण समाचार दिया कि मेरी गिरफ्तारी जरूर हो जाएगी। मेरी समझ में कुछ न आया। मैंने विचार किया कि यदि गिरफ्तारी हो भी गई तो पुलिस को मेरे विरुद्ध कुछ भी प्रमाण न मिल सकेगा। अपनी बुद्धिमता पर कुछ अधिक विश्वास था। अपनी बुद्धि के सामने दूसरों की बुद्धि तुच्छ समझता था। कुछ यह भी विचार था कि देश की सहानुभूति की परीक्षा की जाए। जिस देश पर हम अपना बलिदान देने को उपस्थित हैं, उस देश के वासी हमारे साथ कितनी सहानुभूति रखते हैं? कुछ जेल का अनुभव भी प्राप्त करना था। वास्तव में, मैं काम करते–करते थक गया था। भविष्य के कार्यों में अधिक नर–हत्या का ध्यान करके मैं हतबुद्धि–सा हो गया था। मैंने किसी के कहने की कोई चिंता न की।

रात्रि के समय ग्यारह बजे के लगभग एक मित्र के यहाँ से अपने घर पर गया। रास्ते में खुफिया पुलिस के सिपाहियों से भेंट हुई। कुछ विशेष रूप से उस समय भी वे मेरी देखभाल कर रहे थे। मैंने कोई चिंता न की और घर पर जाकर सो गया। प्रातःकाल चार बजने पर जगा, शौचादि से निवृत्त होने पर बाहर द्वार पर बंदूक के कुंदों का शब्द सुनाई दिया। मैं समझ गया कि पुलिस आ गई है। मैं तुरंत ही द्वार खोलकर बाहर

गया। एक पुलिस अफसर ने बढ़कर हाथ पकड़ लिया। मैं गिरफ्तार हो गया। मैं केवल एक अंगोछा पहने हुए था। पुलिस वाले को अधिक भय न था। पूछा, यदि घर में कोई अस्त्र हो, तो दे दीजिए। मैंने कहा कोई आपत्तिजनक वस्तु घर में नहीं है। उन्होंने बड़ी सज्जनता की। मेरे हथकड़ी इत्यादि कुछ न डाली। मकान की तलाशी लेते समय एक पत्र मिल गया, जो मेरी जेब में था। कुछ होनहार कि तीन–चार पत्र मैंने लिखे थे। डाकखाने में डालने को भेजे, तब तक डाक निकल चुकी थी। मैंने वे सब इस ख्याल से अपने पास ही रख लिए कि डाक के बंबे में डाल दूँगा। फिर विचार किया जैसे बंबे में पड़े रहेंगे, वैसे जेब में पड़े हैं। मैं उन पत्रों को वापस घर ले आया। उन्हीं में एक पत्र आपत्तिजनक था जो पुलिस के हाथ लग गया। गिरफ्तार होकर पुलिस कोतवाली पहुँचा। वहाँ पर खुफिया पुलिस के एक अफसर से भेंट हुई। उस समय उन्होंने कुछ ऐसी बातें कीं, जिन्हें मैं या एक व्यक्ति और जानता था। कोई तीसरा व्यक्ति इस प्रकार से ब्यौरेवार नहीं जान सकता था। मुझे बड़ा आश्चर्य हुआ। किंतु संदेह इस कारण न हो सकता था कि मैं दूसरे व्यक्ति के कार्यों पर अपने शरीर के समान ही विश्वास रखता था। शाहजहाँपुर में जिन–जिन व्यक्तियों की गिरफ्तारी हुई, वह भी बड़ी आश्चर्यजनक प्रतीत होती थी। जिन पर कोई संदेह भी न था, पुलिस उन्हें कैसे जान गई? दूसरे स्थानों पर क्या हुआ कुछ भी न मालूम हो सका कि संभवतः दूसरे स्थानों में भी गिरफ्तारियाँ हुई होंगी। गिरफ्तारियों के समाचार सुनकर शहर के सभी मित्र भयभीत हो गए। किसी से इतना भी न हो सका कि जेल में हम लोगों के पास समाचार भेजने का प्रबंध कर देता।

जेल

जेल में पहुँचते ही खुफिया पुलिस वालों ने यह प्रबंध कराया कि हम सब एक–दूसरे से अलग रखे जाएँ, किंतु फिर भी एक दूसरे से बातचीत हो जाती थी। यदि साधारण कैदियों के साथ देखते तब तो बातचीत का पूर्ण प्रबंध हो जाता, इस कारण से सबको अलग–अलग तनहाई की कोठरियों में बंद कर दिया गया। यही प्रबंध दूसरे जिले की जेलों में भी, जहाँ–जहाँ भी इस संबंध में गिरफ्तारियाँ हुई थीं, किया गया

था। अलग–अलग रखने से पुलिस को यह सुविधा होती है कि प्रत्येक से पृथक्–पृथक् मिलकर बातचीत करते हैं। कुछ भय दिखाते हैं, कुछ इधर–उधर की बातें करके भेद जानने का प्रयत्न करते हैं। अनुभवी लोग तो पुलिस वालों से मिलने से इंकार ही कर देते हैं। क्योंकि उनसे मिलकर हानि के अतिरिक्त लाभ कुछ भी नहीं होता। कुछ व्यक्ति ऐसे होते हैं जो समाचार जानने के लिए कुछ बातचीत करते हैं। पुलिस वालों से मिलना ही क्या है। वे तो चालबाजी से बात निकालने की ही रोटी खाते हैं। उनका जीवन इसी प्रकार की बातों में व्यतीत होता है। नवयुवक दुनियादारी क्या जानें? न वे इस प्रकार की बातें ही बना सकते हैं।

जब किसी तरह कुछ समाचार ही न मिलते तब तो जी बहुत घबराता। यही पता नहीं चलता कि पुलिस क्या कर रही है, भाग्य का क्या निर्णय होगा? जितना समय व्यतीत होता जाता था उतनी ही चिंता बढ़ती जाती थी। जेल अधिकारियों से मिलकर पुलिस यह भी प्रबंध करा देती है कि मुलाकात करने वालों से घर के संबंध में बातचीत करें, मुकदमे के संबंध में कोई बातचीत न करें। सुविधा के लिए सबसे प्रथम यह परमावश्यक है कि एक विश्वास–पात्र वकील किया जाए जो यथासमय आकर बातचीत कर सके। वकील के लिए किसी प्रकार की रुकावट नहीं हो सकती। वकील के साथ अभियुक्त की जो बातें होती हैं, उनको कोई दूसरा सुन नहीं सकता। क्योंकि इस प्रकार का कानून है, यह अनुभव बाद में हुआ। गिरफ्तारी के बाद शाहजहाँपुर के वकीलों से मिलना भी चाहा, किंतु शाहजहाँपुर में ऐसे दब्बू वकील रहते हैं, जो सरकार के विरुद्ध मुकदमे में सहायता देने से हिचकते हैं।

मुझे खुफिया पुलिस के कप्तान साहब मिले। थोड़ी–सी बातें करके अपनी इच्छा प्रकट की कि मुझे सरकारी गवाह बनाना चाहते हैं। थोड़े दिनों में एक मित्र ने भयभीत होकर कि कहीं वह भी न पकड़ा जाए, बनारसीलाल से भेंट की और समझा–बुझाकर उसे सरकारी गवाह बना दिया। बनारसीलाल बहुत घबराता था कि कौन सहायता देगा, सजा जरूर हो जाएगी, यदि किसी वकील से मिल लिया होता तो उसका धैर्य न टूटता। पंडित हरकरननाथ शाहजहाँपुर आए, जिस समय वह अभियुक्त श्रीप्रेमकृष्ण खन्ना से मिले, उस समय अभियुक्त ने पंडित हरकरननाथ

से बहुत कुछ कहा कि मुझसे तथा दूसरे अभियुक्तों से मिल लें। यदि वह कहा मान जाते और मिल लेते तो बनारसीलाल को साहस हो जाता और वह डटा रहता। उसी रात्रि को पहले एक इंस्पेक्टर बनारसीलाल से मिले। फिर जब मैं सो गया तब बनारसीलाल को निकालकर ले गए प्रातःकाल पाँच बजे के करीब, जब बनारसीलाल की कोठरी में से शब्द न सुनाई दिया, तो मैंने बनारसीलाल को पुकारा। पहरे पर जो कैदी था, उससे मालूम हुआ, बनारसीलाल बयान दे चुके। बनारसीलाल के संबंध में सब मित्रों ने कहा था कि इससे अवश्य धोखा होगा, पर मेरी बुद्धि में कुछ न समाया था। प्रत्येक जानकार ने बनारसीलाल के संबंध में यही भविष्यवाणी की थी कि वह आपत्ति पड़ने पर अटल न रह सकेगा। इस कारण सबने उसे किसी प्रकार के गुप्त कार्य में लेने की मनाही की थी। अब तो जो होना था सो हो ही गया।

थोड़े दिनों बाद जिला कलक्टर मिले। कहने लगे फाँसी हो जाएगी। बचना हो तो बयान दे दो। मैंने कुछ उत्तर न दिया। तत्पश्चात् खुफिया पुलिस के कप्तान साहब मिले, बहुत–सी बातें कीं। कई कागज दिखलाए। मैंने कुछ–कुछ अंदाजा लगाया कि कितनी दूर तक ये लोग पहुँच गए हैं। मैंने कुछ बातें बनाईं, ताकि पुलिस का ध्यान दूसरी ओर चला जाए, परंतु उन्हें तो विश्वसनीय सूत्र हाथ लग चुका था, वे बनावटी बातों पर क्या विश्वास करते? अंत में उन्होंने अपनी इच्छा प्रकट की कि यदि मैं बंगाल का संबंध बताकर कुछ बोलशेविक संबंध के विषय में अपना बयान दे दूँ, तो वे मुझे थोड़ी–सी सजा देंगे, और सजा के थोड़े दिनों बाद ही जेल से निकालकर इंग्लैण्ड भेज देंगे और पंद्रह हजार रुपये पारितोषिक भी सरकार से दिला देंगे। मैं मन–ही–मन बहुत हँसता था। अंत में एक दिन फिर मुझसे जेल में मिलने को गुप्तचर विभाग के कप्तान साहब आए। मैंने अपनी कोठरी में से निकलने से ही इंकार कर दिया। वह कोठरी पर आकर बहुत–सी बातें करते रहे, अंत में परेशान होकर चले गए।

शिनाख्तें कराई गई। पुलिस को जितने आदमी मिल सके उतने आदमी लेकर शिनाख्त कराई। भाग्यवश श्रीअईनुद्दीन साहब मुकदमे के मजिस्ट्रेट मुकर्रर हुए, उन्होंने जी भर के पुलिस की मदद की। शिनाख्तों में अभियुक्तों को साधारण मजिस्ट्रेटों की भांति भी सुविधाएँ न दीं।

दिखाने के लिए कागजी कार्रवाई खूब साफ रखी। जबान के बड़े मीठे थे। प्रत्येक अभियुक्त से बड़े तपाक से मिलते थे। बड़ी मीठी–मीठी बातें करते थे। सब समझते थे कि हमसे सहानुभूति रखते हैं। कोई न समझ सका कि अंदर–ही–अंदर घाव कर रहे हैं। इतना चालाक अफसर शायद ही कोई दूसरा हो। जब तक मुकदमा उनकी अदालत में रहा, किसी को कोई शिकायत का मौका ही न दिया। यदि कभी कोई बात भी हो जाती तो ऐसे ढंग से उसे टालने की कोशिश करते कि किसी को बुरा ही न लगता। बहुधा ऐसा भी हुआ कि खुली अदालत में अभियुक्तों से क्षमा तक माँगने में संकोच न किया। किंतु कागजी कार्यवाही में इतने होशियार थे कि जो कुछ लिखा सदैव अभियुक्तों के विरुद्ध। जब मामला सेशन सुपुर्द किया और आज्ञापत्र में युक्तियाँ दीं, तब सब की आँखें खुलीं कि कितना गहरा घाव मार दिया।

मुकदमा अदालत में न आया था, उसी समय रायबरेली में बनवारीलाल की गिरफ्तारी हुई। मुझे हाल मालूम हुआ। मैंने पंडित हरकरननाथ से कहा कि सब काम छोड़कर सीधे रायबरेली जाएँ और बनारसीलाल से मिलें, किंतु उन्होंने मेरी बातों पर कुछ भी ध्यान न दिया। मुझे बनारसीलाल पर पहले ही संदेह था, क्योंकि उसका रहन–सहन इस प्रकार का था कि जो ठीक न था। जब दूसरे सदस्यों के साथ रहता तब उनसे कहा करता कि मैं जिला संगठनकर्ता हूँ। मेरी गणना अधिकारियों में है। मेरी आज्ञा पालन किया करो। मेरे जूठे बर्तन मला करो। कुछ विलासिता–प्रिय भी था, प्रत्येक समय शीशा, कंघा, साबुन साथ रखता था। मुझे इससे भय था, किंतु हमारे दल के एक खास आदमी का वह विश्वास पात्र रह चुका था। उन्होंने सैकड़ों रुपए देकर उसकी सहायता की थी। इसी कारण हम लोग भी अंत तक उसे मासिक सहायता देते रहे थे। मैंने बहुत कुछ हाथ–पैर मारे। पर कुछ भी न चली, और जिसका मुझे भय था, वही हुआ। भाड़े का टट्टू अधिक बोझ न संभाल सका, उसने बयान दे दिए। जब तक यह गिरफ्तार न हुआ था कुछ सदस्यों ने इसके पास जो अस्त्र थे वे माँगे, पर उसने न दिए। जिला अफसर की शान में रहा। गिरफ्तार होते ही सब शान मिट्टी में मिल गई। बनवारीलाल के बयान दे देने से पुलिस का मुकदमा मजबूती पकड़ गया। यदि वह अपना बयान न देता तो मुकदमा बहुत कमजोर

था। सब लोग चारों ओर से एकत्रित करके लखनऊ जिला जेल में रखे गए। थोड़े समय तक अलग–अलग रहे, किंतु अदालत में मुकदमा आने से पहले ही एकत्रित कर दिए गए।

मुकदमे में रुपये की जरूरत थी। अभियुक्तों के पास क्या था? उनके लिए धन–संग्रह करना कितना दुस्कर था। न जाने किस प्रकार निर्वाह करते थे। अधिकतर अभियुक्तों का कोई संबंधी पैरवी भी न कर सकता था। जिस किसी का कोई था भी, वह बाल–बच्चों तथा घर को संभालता या इतने समय तक घर–बार छोड़कर मुकदमा करता? यदि चार अच्छे पैरवी करने वाले होते तो पुलिस का तीन चौथाई मुकदमा टूट जाता। लखनऊ जैसे जनाने शहर में मुकदमा हुआ, जहाँ अदालत में कोई भी शहर का आदमी न आता था। इतना भी तो न हुआ कि एक अच्छा प्रेस–रिपोर्टर ही रहता, जो मुकदमे की सारी कार्यवाही को, जो कुछ अदालत में होता था, प्रेस में भेजता रहता। "इण्डियन डेली टेलीग्राफ" वालों ने कृपा की। यदि कोई अच्छा रिपोर्टर आ भी गया, और जो कुछ अदालत की कार्यवाही ठीक–ठीक प्रकाशित हुई तो पुलिस वालों ने जज साहब से मिलकर तुरंत उस रिपोर्टर को निकलवा दिया। जनता की कोई सहानुभूति न थी। अभियुक्त चिल्लाए– "हाय! हाय!" पर कुछ भी सुनवाई न हुई। और बातें तो दूर, श्रीदामोदरस्वरूप सेठ को पुलिस ने जेल में सड़ा डाला। लगभग एक वर्ष तक वे जेल में तड़फते रहे। सौ पौंड से केवल छियासठ पौंड वजन रह गया। कई बार जेल में मरणासन्न हो गए। नित्य बेहोशी आ जाती थी। लगभग दस मास तक कुछ भी भोजन न कर सके। जो कुछ छटांक–दो छटांक दूध किसी प्रकार पेट में पहुँच जाता था, उससे इस प्रकार की विकट वेदना होती थी कि कोई उनके पास खड़ा होकर उस छटपटाने के दृश्य को देख न सकता था। एक मैडिकल बोर्ड बनाया गया, जिसमें तीन डॉक्टर थे उनकी कुछ समझ में न आया, तो कह दिया गया कि सेठजी को कोई बीमारी ही नहीं है।

जब से काकोरी षड्यंत्र के अभियुक्त जेल में एक साथ रहने लगे, तभी से उनमें एक अद्‌भुत परिवर्तन का समावेश हुआ, जिसका अवलोकन कर मेरे आश्चर्य की सीमा न रही। जेल में सबसे बड़ी बात तो यह थी कि प्रत्येक आदमी अपनी नेतागीरी की दुहाई देता था।

कोई भी बड़े–छोटे का भेद न रहा। बड़े तथा अनुभवी पुरुषों की बातों की अवहेलना होने लगी। अनुशासन का नाम भी न रहा। बहुधा उलटे जवाब मिलने लगे। छोटी–छोटी बातों पर मतभेद हो जाता। इस प्रकार का मतभेद कभी–कभी वैमनस्य तक का रूपधारण कर लेता। आपस में झगड़ा भी हो जाता। खैर! जहाँ चार बर्तन रहते हैं, वहाँ खटकते ही हैं। ये लोग। तो मनुष्य देहधारी थे।

परंतु लीडरी की धुन ने पार्टीबन्दी का ख्याल पैदा कर दिया। जो युवक जेल के बाहर अपने से बड़ों की आज्ञा को वेद–वाक्य के समान मानते थे, वे ही उन लोगों का तिरस्कार तक करने लगे। इसी प्रकार आपस का वाद–विवाद कभी–कभी भयंकर रूप धारण कर लिया करता। प्रान्तीय प्रश्न छिड़ जाता। बंगाली तथा संयुक्त प्रान्त वासियों के कार्य की आलोचना होने लगती। इसमें कोई संदेह नहीं कि बंगाल ने क्रांतिकारी आंदोलन में दूसरे प्रान्तों से अधिक कार्य किया है, किंतु बंगालियों की हालत यह है कि जिस किसी कार्यालय या दफ्तर में बंगाली–ही–बंगाली दिखाई देंगे। जिस शहर में बंगाली रहते हैं उनकी बस्ती अलग ही बसती है। बोली भी अलग। खान–पान भी अलग। जेल में यही अनुभव हुआ।

जिन महानुभावों को मैं त्याग की मूर्ति समझता था, उनके अंदर भी बंगालीपने का भाव देखा। मैंने जेल से बाहर कभी स्वप्न में भी यह विचार न किया था कि क्रांतिकारी दल के सदस्यों में भी प्रांतीयता के भावों का समावेश होगा। मैं तो यही समझता रहा कि क्रांतिकारी तो समस्त भारतवर्ष को स्वतंत्र करने का प्रयत्न कर रहे हैं, उनका किसी प्रान्त विशेष से क्या संबंध? परंतु साक्षात् देख लिया कि प्रत्येक बंगाली के दिमाग में कविवर रवीन्द्रनाथ का गीत "अमर सोनार बांगला, आमितोमाके भालोवासी" (मेरे सोने का बंगाल, मैं तुझसे मुहब्बत करता हूँ) ठूँस–ठूँस कर भरा था, जिसका उनके नैमित्तिक जीवन में पग–पग पर प्रकाश होता था। अनेक प्रयत्न करने पर भी जेल के बाहर इस प्रकार का अनुभव कदापि न प्राप्त हो सकता था।

बड़ी भयंकर–से–भयंकर आपत्ति में भी मेरे मुख से आह न निकली, प्रिय सहोदर का देहांत होने पर भी आँख से आँसू न गिरा, किंतु इस दल के कुछ व्यक्ति ऐसे थे, जिनकी आज्ञा को मैं संसार में सबसे श्रेष्ठ मानता था जिनकी जरा–सी कड़ी दृष्टि भी मैं सहन न कर सकता था,

जिनके कटु वचनों के कारण मेरे हृदय पर चोट लगती थी और अश्रुओं का स्रोत उबल पड़ता था। मेरी इस अवस्था को देखकर दो–चार मित्रों को जो मेरी प्रकृति को जानते थे बड़ा आश्चर्य होता था। लिखते हुए हृदय कंपित होता है कि उन्हीं सज्जनों में बंगाली तथा अबंगाली भाव इस प्रकार भरा था कि बंगालियों की बड़ी–से–बड़ी भूल, हठधर्मी तथा भीरुता की अवहेलना की गई। यह देखकर अन्य पुरुषों का साहस बढ़ता था, नित्य नई चालें चली जाती थीं। आपस में ही एक–दूसरे के विरुद्ध षड्यंत्र रचे जाते थे। बंगालियों का न्याय–अन्याय सब सहन कर लिया जाता था। इन सारी बातों ने मेरे हृदय को टूक–टूक कर डाला। सब कृत्यों को देख मैं मन–ही–मन घुटा करता।

एक बार विचार हुआ कि सरकार से समझौता कर लिया जाए। बैरिस्टर साहब ने खुफिया पुलिस के कप्तान से परामर्श आरंभ किया। किंतु यह सोचकर कि इससे क्रांतिकारी दल की निष्ठा न मिट जाए, यह विचार छोड़ दिया गया। युवक वृन्द की सम्मति हुई कि अनशन व्रत करके सरकार से हवालाती की हालत में ही माँगें पूरी करा ली जाएँ क्योंकि लंबी–लंबी सजाएँ होंगी। संयुक्त प्रान्त की जेलों में साधारण कैदियों का भोजन खाते हुए सजा काटकर जेल से जिंदा निकलना कोई सरल कार्य नहीं। जितने राजनैतिक कैदी षड्यंत्रों के संबंध में सजा पाकर इस प्रान्त की जेलों में रखे गए, उनमें से पाँच–छह महात्माओं ने इन प्रान्तों की जेलों के व्यवहार के कारण ही जेलों में प्राण त्याग दिये!

इस विचार के अनुसार काकोरी के लगभग सब हवालातियों ने अनशन व्रत आरंभ कर दिया। दूसरे ही दिन सब पृथक् कर दिए गए। कुछ व्यक्ति डिस्ट्रिक्ट जेल में रखे गए, कुछ सेंट्रल जेल भेजे गए। अनशन करते पंद्रह दिन व्यतीत हो गए, तब सरकार के कान पर भी जूँ रेंगी। उधर सरकार का काफी नुकसान हो रहा था। जज साहब तथा दूसरे कचहरी के कार्यकर्ताओं को घर बैठे वेतन देना पड़ता था। सरकार को स्वयं चिंता थी किसी प्रकार अनशन छूटे। जेल अधिकारियों ने पहले आठ आने रोज तय किए। मैंने उस समझौते को अस्वीकार कर दिया और बड़ी कठिनता से दस आने रोज पर ले आया। उस अनशन व्रत में पंद्रह दिवस तक मैंने जल पीकर निर्वाह किया था। सोलहवें दिन नाक से दूध पिलाया गया था। श्रीरोशनसिंहजी ने भी इसी प्रकार मेरा

साथ दिया था। वे पंद्रह दिन तक बराबर चलते–फिरते रहे थे। खानादि करके अपने नैमित्तिक कर्म भी कर लिया करते थे। दस दिन तक तो मेरे मुख को देखकर अनजान पुरुष अनुमान भी नहीं कर सकता था कि मैं अन्न नहीं खाता।

समझौते के जिस खुफिया पुलिस के अधिकारियों से मुख्य नेता महोदय का वार्तालाप बहुधा एकांत में हुआ करता था, समझौते की बात खत्म हो जाने पर भी आप उन लोगों से मिलते रहे। मैंने कुछ विशेष ध्यान न दिया। यदा–कदा दो–एक बात से पता चलता कि समझौते के अतिरिक्त कुछ दूसरी बातें होती हैं। मैंने इच्छा प्रकट की कि मैं भी एक समय सी.आई.डी. के कप्तान से मिलूँ, क्योंकि मुझसे पुलिस बहुत असंतुष्ट थी। मुझे पुलिस से न मिलने दिया गया। परिणामस्वरूप सी.आई.डी. वाले मेरे दुश्मन हो गए। सब मेरे व्यवहार की ही शिकायत किया करते। पुलिस अधिकारियों से बातचीत करके मुख्य नेता जाता रहा। जेल से निकलने के उद्योग में जो उत्साह था, वह बहुत ढीला हो गया। नवयुवकों की श्रद्धा को मुझसे हटाने के लिए अनेक प्रकार की बातें की जाने लगीं। मुख्य नेता महोदय ने स्वयं कुछ कार्यकर्ताओं से मेरे संबंध में कहा कि ये कुछ रुपये खा गए। मैंने एक–एक पैसे का हिसाब रखा था, जैसे ही मैंने इस प्रकार की बातें सुनी, मैंने कार्य कारिणी के सदस्यों के सामने रखकर हिसाब देना चाहा, और अपने विरुद्ध आक्षेप करने वाले को दण्ड देने का प्रस्ताव उपस्थित किया। अब तो बंगालियों का साहस न हुआ कि मुझसे हिसाब समझें। मेरे आचरण पर भी आक्षेप किये गए।

जिस दिन सफाई की बहस मैंने समाप्त की, सरकारी वकील ने उठकर मुक्त कंठ से मेरी बहस की प्रशंसा की कि सैकड़ों वकीलों से अच्छी बहस की। मैंने नमस्कार कर उत्तर दिया कि आपके चरणों की कृपा है, क्योंकि इस मुकदमे के पहले मैंने किसी अदालत में समय न व्यतीत किया था, सरकारी तथा सफाई के वकीलों की जिरह को सुनकर मैंने भी साहस किया था।

इसके बाद सबसे पहले मुख्य नेता महाशय के विषय में सरकारी वकील ने बहस करनी शुरू की। खूब ही आड़े हाथों लिया। अब तो मुख्य नेता महाशय का बुरा हाल था, क्योंकि उन्हें आशा थी कि सम्भव है सबूत

की कमी से छूट जाएं या अधिक–से–अधिक पांच या दस वर्ष की सजा हो जाये। आखिर चैन न पड़ी सी.आई.डी. अफसरों को बुलाकर जेल में उनसे एकांत में डेढ घण्टे तक बातें हुईं। युवक मंडल को इसका पता चला। सब मिलकर मेरे पास आए। कहने लगे, इस समय सी.आई.डी. अफसर से क्या मुलाकात की जा रही है? मेरी जिज्ञासा पर उत्तर मिला कि सजा होने के बाद जेल में क्या व्यवहार होगा, इस संबंध में बातचीत कर रहे हैं। मुझे संतोष न हुआ। दो या तीन दिन बाद मुख्य नेता महाशय एकांत में बैठकर कई घण्टे तक कुछ लिखते रहे। लिखकर कागज जेब में रखकर भोजन करने गए। मेरी अंतरात्मा ने कहा, "उठ, देख तो क्या हो रहा है?" मैंने जेब से कागज निकालकर पढ़े। पढ़कर शोक तथा आश्चर्य की सीमा न रही। पुलिस द्वारा सरकार को क्षमा प्रार्थना भेजी जा रही थी। भविष्य के लिए किसी प्रकार के हिंसात्मक आंदोलन या कार्य में भार न लेने की प्रतिज्ञा की गई थी। मैंने मुख्य कार्यकर्ताओं से सब विवरण कहकर इस सब का कारण पूछा कि क्या हम लोग इस योग्य भी नहीं रहे, जो हमसे किसी प्रकार का परामर्श किया जाए? तब उत्तर मिला कि व्यक्तिगत बात थी। मैंने बड़े जोर के साथ विरोध किया कि यह कदापि व्यक्तिगत बात नहीं हो सकती। खूब फटाकर लगाई। मेरी बातों को सुनें। चारों और खलबली पड़ी। मुझे बड़ा क्रोध आया कि कितनी धूर्तता से काम किया गया। मुझे चारों ओर से चढ़ाकर लड़ने के लिए प्रस्तुत किया गया। मेरे विरुद्ध षड्यंत्र रचे गए। मेरे ऊपर अनुचित आक्षेप किए गए, नवयुवकों के जीवन का भार लेकर लीडरी की शान झाड़ी गई, थोड़ी–सी आपत्ति पड़ने पर इस प्रकार बीस–बीस वर्ष के युवकों को बड़ी–बड़ी सजाएँ दिला, जेल में सड़ने को डालकर स्वयं बंधेज से निकल जाने का प्रयत्न किया गया। धिक्कार है! ऐसे जीवन को! किंतु सोच–समझकर चुप रहा।

अभियोग

काकोरी में रेलवे ट्रेन लुट जाने के बाद ही, पुलिस का विशेष विभाग उक्त घटना का पता लगाने के लिए तैनात किया गया। एक विशेष व्यक्ति मि. हार्टन इस विभाग के निरीक्षक थे। उन्होंने घटनास्थल तथा

रेलवे पुलिस की रिपोर्टों को देखकर अनुमान किया कि संभव है यह कार्य क्रांतिकारियों का हो। प्रान्त के क्रांतिकारियों की जाँच शुरू हुई। उसी समय शाहजहाँपुर में रेलवे डकैती के तीन नोट मिले। चोरी किए गए नोटों की संख्या सौ से अधिक थी, जिनका मूल्य लगभग एक हजार रूपये का होगा। इनमें से लगभग सात सौ या आठ सौ रुपये के मूल्य के नोट सीधे सरकार के खजाने में पहुँच गए। अतः सरकार नोटों के मामले को चुपचाप पी गई। ये नोट लिस्ट प्रकाशित होने रो पूर्व ही सरकारी खजाने में पहुँच चुके थे। पुलिस का लिस्ट प्रकाशित करना व्यर्थ हुआ। सरकारी खजाने में से ही जनता के पास कुछ नोट लिस्ट प्रकाशित होने के पूर्व ही पहुँच गए थे, इस कारण वे जनता के पास निकल आए।

उन्हीं दिनों में जिला खुफिया पुलिस को मालूम हुआ कि मैं 8, 9 तथा 10 अगस्त सन् 1925 ई. को शाहजहाँपुर नहीं था। अधिक जाँच होने लगी। इसी जाँच–पड़ताल में पुलिस को मालूम हुआ कि गवर्नमेंट कूल शाहाजहांपुर के इंदुभूषण मित्र नामी एक विद्यार्थी के पास मेरे क्रांतिकारी दल संबंधी पत्र आते हैं, जो वह मुझे दे आता है। स्कूल के हैडमास्टर द्वारा इंदुभूषण के पास आए हुए पत्रों की नकल करा के हार्टन साहब के पास भेजी जाती रही। इन्हीं पत्रों से हार्टन साहब को मालूम हुआ कि मेरठ में प्रान्त क्रांतिकारी समिति की बैठक होने वाली है। उन्होंने एक सब इंस्पेक्टर को मेरठ अनाथालय में, जहां पर बैठक होने का पता चला था, भेजा। उन्हीं दिनों हार्टन साहब को किसी विशेष सूत्र से मालूम हुआ कि शीघ्र ही कनखल में डाका डालने का प्रबंध क्रांतिकारी समिति के सदस्य कर रहे थे और संभव है कि किसी बड़े शहर में डाकखाने की आमदनी लूटी जाए। हार्टन साहब को एक सूत्र से एक पत्र मिला जो मेरे हाथ का लिखा था। इस पत्र में सितंबर में होने वाले श्राद्ध का जिक्र था जिसकी 13 तारीख निश्चित की गई थी। पत्र में था कि दादा का श्राद्ध नं. 1 पर 13 सितंबर को होगा, अवश्य पधारिए। मैं अनाथालय में मिलूँगा। पत्र पर "रुद्र" के हस्ताक्षर थे।

आगामी डकैतियों को रोकने के लिए हार्टन साहब ने प्रान्त भर में 26 सितंबर सन् 1925 ई. को लगभग तीस मनुष्यों को गिरफ्तार किया। उन्हीं दिनों में इंदुभूषण के पास आए हुए पत्र से पता लगा कि

कुछ वस्तुएँ बनारस में किसी विद्यार्थी की कोठरी में बंद हैं। अनुमान किया गया कि संभव है कि वे हथियार हों। अनुसंधान करने से हिन्दू विश्वविद्यालय के एक विद्यार्थी की कोठरी से दो राइफलें निकलीं। उस विद्यार्थी को कानपुर में गिरफ्तार किया गया। इन्दुभूषण ने मेरी गिरफ्तारी की सूचना एक पत्र द्वारा बनारस को भेजी। जिसके पास पत्र भेजा था, उसे पुलिस गिरफ्तार कर चुकी थी, क्योंकि उसी, श्रीरामनाथ पाण्डेय के पते का पत्र मेरी गिरफ्तारी के समय मेरे मकान से पाया था। रामनाथ पाण्डेय के पत्र पुलिस के पास पहुँचे थे। अतः इंदुभूषण को गिरफ्तार किया गया। इंदुभूषण ने दूसरे दिन अपना बयान दे दिया। गिरफ्तार किये हुए व्यक्तियों में से कुछ से मिल–मिलाकर बनारसीलाल ने भी, जो शाहजहाँपुर की जेल में था, अपना बयान दे दिया और वह सरकारी गवाह बना लिया गया। यह कुछ अधिक जानता था। इसके बयान से क्रांतिकारी पत्र के पार्सलों का पता चला। बनारस के डाकखाने से जिन–जिनके पास पार्सल भेजे गए थे उनको पुलिस ने गिरफ्तार किया। कानपुर में गोपीनाथ ने जिसके नाम पार्सल गया था, गिरफ्तार होते हो पुलिस को बयान दे दिया और वह सरकारी गवाह बना लिया गया। इसी प्रकार रायबरेली में स्कूल विद्यार्थी कुंवर बहादुर के पास पार्सल आया था, उसने भी गिरफ्तार होते ही बयान दे दिया और सरकारी गवाह बना लिया गया। इसके पास मनीआर्डर भी आया करते थे, क्योंकि यह बनवारी का पोस्ट बॉक्स (डाक पाने वाला) था। इसने बनवारीलाल के एक रिश्तेदार का पता बताया, जहाँ तलाशी लेने से बनवारीलाल का एक ट्रक मिला। इस ट्रक में से कारतूसी पिस्तौल, एक कारतूसी फौजी रिवाल्वर तथा कुछ कारतूस पुलिस के हाथ लगे। श्रीबनवारीलाल की खोज हुई। बनवारीलाल भी पकड़ लिए गए। गिरफ्तारी के थोड़े दिन बाद ही पुलिस वाले मिले, उल्टा–सीधा सुझाया और बनवारीलाल ने भी अपना बयान दे दिया तथा इकबाली मुलजिम बनाये गए। श्रीबनवारीलाल ने काकोरी डकैती में अपना सम्मिलित होना बताया था। उधर कलकत्ते में दक्षिणेश्वर में एक मकान में बम बनाने का सामान, एक बना हुआ बम, 7 रिवाल्वर, पिस्तौल तथा कुछ राजद्रोहात्मक साहित्य पकड़ा गया। इसी मकान में श्रीराजेन्द्रनाथ लाहिड़ी बी.ए., जो इस मुकदमे में फरार थे, गिरफ्तार हुए।

इन्दुभूषण के गिरफ्तार हो जाने के बाद उसके हैडमास्टर को एक पत्र मध्य प्रान्त से मिला, जिसे उसने हार्टन साहब के पास वैसा ही भेज दिया। इस पत्र से एक व्यक्ति मोहनलाल खत्री का चाँदा में पता चला। वहाँ से पुलिस ने खोज लगाकर पूना में श्रीरामकृष्ण खत्री को गिरफ्तार करके लखनऊ भेजा। बनारस में भेजे हुए पार्सलों के संबंध से जबलपुर में श्रीप्रणवेशकुमार चटर्जी को गिरफ्तार करके भेजा गया। कलकत्ता से श्रीशचीन्द्रनाथ सान्याल, जिन्हें बनारस षड्यंत्र से आजन्म कालेपानी की सजा हुई थी, और जिन्हें बांकुरा में "क्रांतिकारी" पर्चे बाँटने के कारण दो वर्ष की सजा हुई थी, इस मुकदमे में लखनऊ भेजे गए। श्रीयोगेशचन्द्र चटर्जी बंगाल आर्डीनेंस के कैदी हजारी बाग जेल से भेजे गए। आप अक्टूबर सन् 1924 ई. में कलकत्ते में गिरफ्तार हुए थे। आपके पास दो कागज पाए गये थे, जिनमें संयुक्त प्रान्त के सब जिलों का नाम था, और लिखा था कि बाईस जिलों में समिति का कार्य हो रहा है। ये कागज इस षड्यंत्र के संबंध के समझे गए। श्रीराजेन्द्रनाथ लाहिड़ी दक्षिणेश्वर बम केस में दस वर्ष द्वीपान्तर की सजा पाने के बाद इस मुकदमे में लखनऊ भेजे गए अब लगभग छत्तीस मनुष्य गिरफ्तार हुए थे। अट्ठाईस पर मजिस्ट्रेट की अदालत में मुकदमा चला। अट्ठाईस में से दो पर से मजिस्ट्रेट की अदालत में मुकदमा उठा लिया गया। दो को सरकारी गवाह बनाकर उन्हें माफी दी गई। अंत में मजिस्ट्रेट ने इक्कीस व्यक्तियों को सेशन सुपुर्द किया। सेशन में मुकदमा आने पर श्रीदामोदरस्वरूप सेठ बहुत बीमार हो गए। अदालत न आ सकते थे, अतः अंत में बीस व्यक्ति रह गए। बीस में से दो व्यक्ति श्रीशचीन्द्रनाथ बिस्वास तथा श्रीहरगोविन्द सेशन की अदालत से मुक्त हुए। बाकी अठारह को सजाएँ हुईं।

श्रीबनवारीलाल इकबाली मुलजिम हो गए। वे रायबरेली जिला कांग्रेस कमेटी के मंत्री भी रह चुके थे। उन्होंने असहयोग आंदोलन में छह मास का कारावास भी भोगा था। इस पर भी पुलिस की धमकी से प्राण संकट में पड़ गए। आप ही हमारी समिति के ऐसे सदस्य थे कि जिन पर समिति का सबसे अधिक धन व्यय किया गया। प्रत्येक मास आपको पर्याप्त धन भेजा जाता था। मर्यादा की रक्षा के लिए हम लोग यथाशक्ति बनवारीलाल को मासिक शुल्क दिया करते थे। अपने पेट काटकर इनको मासिक व्यय दिया गया। फिर भी इन्होंने अपने सहायकों

की गर्दन पर छुरी चलाई। अधिक–से–अधिक दस वर्ष की सजा हो जाती। जिस प्रकार सबूत इनके विरुद्ध था, वैसे ही, इसी प्रकार के दूसरे अभियुक्तों पर था, जिन्हें दस–दस वर्ष की सजा हुई। यही नहीं पुलिस के बहकाने से सेशन में बयान देते समय जो नई बातें इन्होंने जोड़ी, उनमें मेरे संबंध में कहा कि रामप्रसाद डकैतियों के रुपये से अपने परिवार का निर्वाह करता है। इस बात को सुनकर मुझे हँसी भी आई, पर हृदय पर बड़ा आघात लगा कि जिनकी उदर–पूर्ति के लिए प्राणों को संकट में डाला, दिन को दिन और रात को रात न समझा, बुरी तरह से मार खाई, माता–पिता का कुछ भी ख्याल न किया, वही इस प्रकार आक्षेप करें।

समिति के सदस्यों ने इस प्रकार का व्यवहार किया। बाहर जो साधारण जीवन के सहयोगी थे, उन्होंने भी अद्‌भुत रूप धारण किया। एक ठाकुर साहब के पास काकोरी डकैती का नोट मिल गया था। वह कहीं शहर में पा गए थे। जब गिरफ्तारी हुई, मजिस्ट्रेट के यहाँ जमानत नामंजूर हुई, जज साहब ने चार हजार की जमानत माँगी। कोई जमानती न मिलता था। आपके वृद्ध भाई मेरे पास आए। पैरों पर सिर रखकर रोने लगे। मैंने जमानत कराने का प्रयत्न किया। मेरे माता–पिता कचहरी जाकर खुले रूप से पैरवी करने को मना करते रहे कि पुलिस खिलाफ है, रिपोर्ट हो जाएगी, पर मैंने एक न सुनी। कचहरी जाकर, कोशिश करके जमानत दाखिल कराई। जेल से उन्हें स्वयं जाकर छुड़ाया। पर जब मैंने उक्त महाशय का नाम उक्त घटना की गवाही देने के लिए सूचित किया, तब पुलिस ने उन्हें धमकाया और उन्होंने पुलिस को तीन बार लिखकर दे दिया कि हम रामप्रसाद को जानते भी नहीं। हिन्दू–मुस्लिम झगड़े में जिनके घरों की रक्षा की थी, जिनके बाल–बच्चे मेरे सहारे मुहल्ले में निर्भयता से निवास करते रहे, उन्होंने ही मेरे खिलाफ झूठी गवाहियाँ बनवाकर भेजीं। कुछ मित्रों के भरोसे पर उनका नाम गवाही में दिया कि जरूर गवाही देंगे संसार लौट जाए पर वे नहीं डिग सकते। पर वचन दे चुकने पर भी जब पुलिस का दबाव पड़ा, वे भी गवाही देने से इंकार कर गए। जिनको अपना हृदय, सहोदर तथा मित्र समझ कर हर तरह की सेवा करने को तैयार रहता था, जिस प्रकार की आवश्यकता होती यथाशक्ति उनको पूर्ण करने की प्राणपण से चेष्टा करता था, उनसे इतना भी न हुआ कि कभी जेल पर

आकर दर्शन दे जाते, फाँसी की कोठरी में ही आकर संतोषजनक दो बातें कर जाते। एक–दो सज्जनों ने इतनी कृपा तथा साहस किया कि दस मिनट के लिए अदालत में दूर खड़े होकर दर्शन दे गए। यह सब इसलिए कि पुलिस का आतंक छाया हुआ था कि गिरफ्तार न कर लिए जाएं। इस पर भी जिसने जो कुछ किया मैं उसी को अपना सौभाग्य समझता हूँ, और उनका आभारी हूँ–

वह फूल चढ़ाते हैं, तुर्बत भी दबी जाती।
माशूक के थोड़े से भी एहसान बहुत हैं।।

परमात्मा से यही प्रार्थना है कि सब प्रसन्न तथा सुखी रहें। मैंने तो सब बातों को जानकर ही इस मार्ग पर पैर रखा था। मुकदमे के पहले संसार का कोई अनुभव ही न था। न कभी जेल देखी, न किसी अदालत का कोई तजुर्बा था। जेल में जाकर मालूम हुआ कि किसी नई दुनियाँ में पहुँच गया। मुकदमे से पहले मैं यह भी न जानता था कि कोई लेखन–कला–विज्ञान भी है, इसका कोई विशेषज्ञ भी होता है, जो लेखन शैली को देखकर लेखकों का निर्णय कर सकता है। यह भी नहीं पता था कि लेख किस प्रकार मिलाए जाते हैं, एक मनुष्य के लेख में क्या भेद होता है, क्यों भेद होता है, लेखनकला विशेषज्ञ हस्ताक्षर को प्रमाणित कर सकता है, तथा लेखक के वास्तविक लेख में तथा बनावटी लेख में भेद कर सकता है, इस प्रकार का कोई भी अनुभव तथा ज्ञान न रखते हुए भी एक प्रान्त की क्रांतिकारी समिति का संपूर्ण भार लेकर उसका संचालन कर रहा था। बात यह है कि क्रांतिकारी कार्य की शिक्षा देने के लिए कोई पाठशाला तो है ही नहीं। यह हो सकता था कि पुराने अनुभवी क्रांतिकारियों से कुछ सीखा जाए। न जाने कितने व्यक्ति बंगाल तथा पंजाब के षड्यंत्रों में गिरफ्तार हुए, पर किसी ने भी यह उद्योग न किया कि एक इस प्रकार की पुस्तक लिखी जाए, जिसमें नवागन्तुकों को कुछ अनुभव की बातें मालूम होतीं।

लोगों को इस बात की बड़ी उत्कंठा होगी कि क्या यह पुलिस का भाग्य ही था, जो सब बना–बनाया मामला हाथ आ गया। क्या पुलिस वाले परोक्ष ज्ञानी होते हैं? कैसे गुप्त बातों का पता चला लेते हैं? कहना

पड़ता है कि यह इस देश का दुर्भाग्य! सरकार का सौभाग्य!! बंगाल पुलिस के संबंध में तो अधिक कहा नहीं जा सकता, क्योंकि मेरे कुछ विशेषानुभव नहीं। इस प्रान्त की खुफिया पुलिस वाले तो महान भौंदू होते हैं। जिन्हें साधारण ज्ञान भी नहीं होता। साधारण पुलिस से खुफिया में आते हैं। साधारण पुलिस की दरोगाई करते हैं, मजे में लंबी–लंबी घूस खाकर बड़े–बड़े पेट बढ़ा आराम करते हैं। उनकी बला तकलीफ उठाए। यदि कोई एक–दो चालाक हुए भी तो थोड़े दिन बड़े ओहदे की फिराक में काम दिखाया, दौड़–धूप की, कुछ पद–वृद्धि हो गई और सब काम बंद! इस प्रान्त में कोई बाकायदा पुलिस का गुप्तचर विभाग नहीं, जिसको नियमित रूप से शिक्षा दी जाती हो। फिर काम करते–करते अनुभव हो ही जाता है। मैनपुरी षड्यंत्र तथा इस षड्यंत्र से इसका पूरा पता लग गया, कि थोड़ी–सी कुशलता से कार्य करने पर पुलिस के लिए पता पाना बड़ा कठिन है। वास्तव में उनके कुछ भाग्य ही अच्छे होते हैं। जब से इस मुकदमे की जाँच शुरू हुई, पुलिस ने इस प्रान्त के संदिग्ध क्रांतिकारी व्यक्तियों पर दृष्टि डाली, उनसे मिली, बातचीत की। एक–दो को कुछ धमकी दी। "चोर की दाढ़ी में तिनका" वाली जनश्रुति के अनुसार एक महाशय से पुलिस को सारा भेद मालूम हो गया। हम सबके सब चक्कर में थे कि इतनी जल्दी पुलिस ने मामले का पता कैसे लगा लिया। उक्त महाशय की ओर तो ध्यान भी न जा सकता था। पर गिरफ्तारी के समय मुझसे तथा पुलिस के अफसर से जो बातें हुईं, उनमें पुलिस अफसर ने वे सब बातें मुझसे कहीं जिनको मेरे तथा उक्त महाशय के अतिरिक्त कोई भी दूसरा जान ही न सकता था। और भी बड़े पक्के तथा बुद्धिगम्य प्रमाण मिल गए कि जिन बातों को उक्त महाशय जान सके थे, वे ही पुलिस जान सकी। जो बातें आपको मालूम न थीं, वे पुलिस को किसी प्रकार न मालूम हो सकीं, उन बातों से यह निश्चय हो गया कि यह काम उन्हीं महाशय का है। यदि ये महाशय पुलिस के हाथ न आते और भेद न खोल देते, तो पुलिस सिर पटक कर रह जाती, कुछ भी पता न चलता। बिना दृढ़ प्रमाणों के भयंकर–से–भयंकर व्यक्ति पर भी हाथ रखने का साहस नहीं होता, क्योंकि जनता में आंदोलन फैलने से बदनामी हो जाती है। सरकार पर जवाबदेही आती है। अधिक–से–अधिक दो–चार मनुष्य पकड़े जाते और

अंत में उन्हें भी छोड़ना पड़ता। परंतु जब पुलिस को वास्तविक सूत्र हाथ में आ गया, उसने अपनी सत्यता को प्रमाणित करने के लिए लिखा हुआ प्रमाण पुलिस को दे दिया। उस अवस्था में यदि पुलिस गिरफ्तारियाँ न करती तो फिर कब करती? जो भी हुआ, परमात्मा उनका भी भला करे। अपना तो जीवन भर यही उसूल रहा–

सताये तुझको जो कोई बेवफा "बिस्मिल"।
तो मुँह से कुछ न कहना आह! कर लेना।।
हम शहीदाने वफा का दीनो ईमां और है।
सिजदे करते हैं हमेशा पाँव पर जल्लाद के।।

मैंने इस अभियोग में जो भाग लिया अथवा जिनकी जिंदगी की जिम्मेदारी मेरे सिर पर थी, उसमें से ज्यादा हिस्सा श्रीअशफाकउल्ला खां वारसी का है। मैं अपनी कलम से उनके लिए भी अंतिम समय में दो शब्द लिख देना अपना कर्तव्य समझता हूँ।

अशफाक

मुझे भली–भांति याद है, जब कि मैं बादशाही एलान के बाद शाहजहाँपुर आया था, तो तुमसे स्कूल में भेंट हुई थी। तुम्हारी मुझसे मिलने की बड़ी हार्दिक इच्छा थी। तुमने मुझसे "मैनपुरी षड्यंत्र" के संबंध में कुछ बातचीत करनी चाही थी। मैंने यह समझकर कि एक स्कूल का मुसलमान विद्यार्थी मुझसे इस प्रकार की बातचीत क्यों करता है, तुम्हारी बातों का उत्तर उपेक्षा की दृष्टि से दे दिया था। तुम्हें उस समय बड़ा खेद हुआ था। तुम्हारे मुख से हार्दिक भावों का प्रकाश हो रहा था। तुमने अपने इरादे को यों ही नहीं छोड़ दिया, अपने निश्चय पर डटे रहे। जिस प्रकार हो सका कांग्रेस में बातचीत की। अपने इष्ट मित्रों द्वारा इस बात का विश्वास दिलाने की कोशिश की कि तुम बनावटी आदमी नहीं, तुम्हारे दिल में मुल्क की खिदमत करने की ख्वाहिश थी। अंत में तुम्हारी विजय हुई। तुम्हारी कोशिशों ने मेरे दिल में जगह पैदा कर ली। तुम्हारे बड़े भाई मेरे उर्दू मिडिल के सहपाठी तथा मित्र थे, यह जानकर मुझे बड़ी प्रसन्नता हुई। थोड़े दिनों में ही तुम मेरे छोटे भाई

के समान हो गए थे, किंतु छोटे भाई बनकर तुम्हें संतोष न हुआ। तुम समानता का अधिकार चाहते थे, तुम मित्र की श्रेणी में अपनी गणना चाहते थे। वही हुआ। तुम सच्चे मित्र बन गए। सबको आश्चर्य था कि एक कट्टर आर्यसमाजी और मुसलमान का मेल कैसा? मैं मुसलमानों की शुद्धि करता था। आर्यसमाज मंदिर में मेरा निवास था, किंतु तुम इन बातों की किंचित्मात्र चिंता न करते थे। मेरे कुछ साथी तुम्हें मुसलमान होने के कारण घृणा की दृष्टि से देखते थे, किंतु तुम अपने निश्चय में दृढ़ थे। मेरे पास आर्यसमाज मंदिर में आते–जाते थे। हिन्दू–मुस्लिम झगड़ा होने पर, तुम्हारे मुहल्ले के सब कोई तुम्हें खुल्लमखुल्ला गालियाँ देते थे, काफिर के नाम से पुकारते थे, पर तुम कभी भी उनके विचारों से सहमत न हुए। सदैव हिन्दू–मुस्लिम ऐक्य के पक्षपाती रहे। तुम एक सच्चे मुसलमान तथा सच्चे स्वदेश–भक्त थे। तुम्हें यदि जीवन में कोई विचार था, तो यही कि मुसलमानों को खुदा अक्ल देता, कि वे हिन्दुओं के साथ मिलकर के हिन्दुस्तान की भलाई करते। जब मैं हिन्दी में कोई लेख या पुस्तक लिखता तो तुम सदैव सही अनुरोध करते कि उर्दू में क्यों नहीं लिखते, जो मुसलमान भी पढ़ सकें? तुमने स्वदेशभक्ति के भावों को भलीभांति समझने के लिए ही हिन्दी का अच्छा अध्ययन किया अपने घर पर जब माताजी तथा भ्राताजी से बातचीत करते थे, तो तुम्हारे मुँह से हिन्दी शब्द निकल जाते थे, जिससे सबको बड़ा आश्चर्य होता था।

तुम्हारी इस प्रकार की प्रवृत्ति को देखकर बहुतों को संदेह होता था कि कहीं इस्लाम धर्म त्याग कर शुद्धि न करा लो। पर तुम्हारा हृदय तो किसी प्रकार अशुद्ध न था, फिर तुम शुद्धि किस वस्तु की कराते? तुम्हारी इस प्रकार की प्रगति ने मेरे हृदय पर पूर्ण विजय पा ली। बहुधा मित्र–मंडली से बात छिड़ती कि कहीं मुसलमान पर विश्वास करके धोखा न खाना। तुम्हारी जीत हुई, मुझमें तुममें कोई भेद न था। बहुधा मैंने–तुमने एक थाली में भोजन किए। मेरे हृदय से वह विचार ही जाता रहा कि हिन्दू–मुसलमान में कोई भेद है। तुम मुझ पर अटल विश्वास तथा अगाध प्रीति रखते थे। हाँ! तुम मेरा नाम लेकर पुकार नहीं सकते थे। तुम तो सदैव "राम" कहा करते थे। एक समय जब तुम्हारे हृदय–कंप का दौरा हुआ, तुम अचेत थे, तुम्हारे मुँह से बारम्बार "राम" "हाय राम" शब्द निकल रहे थे। पास खड़े हुए भाई–बांधवों को आश्चर्य

था कि "राम", "राम" कहता है। कहते कि "अल्लाह" "अल्लाह" कहो, पर तुम्हारी "राम–राम" की रट थी। उस समय किसी मित्र का आगमन हुआ, जो "राम" के भेद को जानते थे। तुरंत मैं बुलाया गया। मुझसे मिलने पर तुम्हें शांति हुई, तब सब लोग "राम राम!" के भेद को समझे!

अंत में इस प्रेम, प्रीति तथा मित्रता का परिणाम क्या हुआ? मेरे विचारों के रंग में तुम भी रंग गए। तुम भी कट्टर क्रांतिकारी बन गए। अब तो तुम्हारा दिन–रात प्रयत्न यही था कि किसी प्रकार हो, मुसलमान नवयुवकों में भी क्रांतिकारी भावों का प्रवेश हो। वे भी क्रांतिकारी आंदोलन में योगदान दें। जितने तुम्हारे बंधु तथा मित्र थे सब पर तुमने अपने विचारों का प्रभाव डालने का प्रयत्न किया। बहुधा क्रांतिकारी सदस्यों को भी बड़ा आश्चर्य होता कि मैंने कैसे एक मुसलमान को क्रांतिकारी दल का प्रतिष्ठित सदस्य बना लिया। मेरे साथ तुमने जो कार्य किये, वे सराहनीय हैं। तुमने कभी भी मेरी आज्ञा की अवहेलना न की। एक आज्ञाकारी भक्त के समान मेरी आज्ञापालन में तत्पर रहते थे। तुम्हारा हृदय बड़ा विशाल था। तुम्हारे भाव बड़े उच्च थे।

मुझे यदि शांति है तो यही कि तुमने संसार में मेरा मुख उज्ज्वल कर दिया। भारत के इतिहास में यह घटना भी उल्लेखनीय हो गई कि अशफाकउल्ला ने क्रांतिकारी आंदोलन में योगदान दिया। अपने भाई–बन्धु तथा संबंधियों के समझाने पर कुछ भी ध्यान न दिया। गिरफ्तार हो जाने पर भी अपने विचारों में दृढ़ रहे। जैसे तुम शारीरिक बलशाली थे, वैसे ही मानसिक वीर तथा आत्मा से उच्च सिद्ध हुए। इन सबके परिणामस्वरूप अदालत में तुमको मेरा सहकारी (लेफ्टीनेंट) ठहराया गया, और जज ने मुकदमा का फैसला लिखते समय तुम्हारे गले में जयमाला (फाँसी की रस्सी) पहना दी। प्यारे भाई, तुम्हें यह समझकर संतोष होगा कि जिसने अपने माता–पिता की धन–संपत्ति को देश–सेवा में अर्पण करके उन्हें भिखारी बना दिया, जिसने अपने सहोदर के भावी भाग्य को भी देश सेवा की भेंट कर दिया, जिसने अपना तन–मन–धन सर्वस्व मातृ–सेवा में अर्पण करके अपना अंतिम बलिदान भी दे दिया, उसने अपने प्रिय सखा अशफाक को भी उसी मातृ–भूमि की भेंट चढ़ा दिया।

"असगर" हरीम इश्क में हस्ती ही जुर्म है।
रखना कभी न पाँव यहाँ सर लिए हुए।।

फाँसी की कोठरी

अंतिम समय निकट है। दो फाँसी की सजाएं सिर पर झूल रही हैं। पुलिस को साधारण जीवन में और समाचारपत्रों तथा पत्रिकाओं में खूब जी–भर के कोसा है। खुली अदालत में जज साहब, खुफिया पुलिस के अफसर, मजिस्ट्रेट, सरकारी वकील तथा सरकार को खूब आड़े हाथों लिया है। हरेक के दिल में मेरी बातें चुभ रही हैं। कोई दोस्त आशना, अथवा यार मददगार नहीं, जिसका सहारा हो। एक परमपिता परमात्मा की याद है। गीता पाठ करते हुए संतोष है कि–

जो कुछ किया सो तैं किया, मैं कुछ कीन्हा नाहिं।
जहाँ कहीं मैं किया, तुम ही थे मुझ माहिं।।

ब्रह्मण्याधाय कर्माणि संगं त्यक्त्वा करोति यः।
लिप्यते न स पापेभ्यो पद्मपत्रमिवाम्भसः।।

–भगवद्गीता / 5 / 10

"जो फल की इच्छा को त्याग करके कर्मों को ब्रह्म में अर्पण करके कर्म करता है, वह पाप से लिप्त नहीं होता। जिस प्रकार जल में रहकर भी कमल–पत्र जल में नहीं होता।" जीवनपर्यन्त जो कुछ किया, स्वदेश की भलाई समझकर किया। यदि शरीर की पालना की तो इसी विचार से कि सुदृढ़ शरीर से भली प्रकार स्वदेशी सेवा हो सके। बड़े प्रयत्नों से यह शुभ दिन प्राप्त हुआ। संयुक्त प्रान्त में इस तुच्छ शरीर का ही सौभाग्य होगा। जो सन् 1857 ई. के गदर की घटनाओं के पश्चात् क्रांतिकारी आंदोलन के संबंध में इस प्रान्त के निवासी का पहला बलिदान मातृ–वेदी पर होगा।

सरकार की इच्छा है कि मुझे घोट–घोटकर मारे। इसी कारण इस ग्रीष्म ऋतु में साढ़े तीन महीने बाद अपील की तारीख नियत की गई। साढ़े तीन महीने तक फाँसी की कोठरी में भेजा गया। यह कोठरी पक्षी के पिंजरे से भी खराब है। गोरखपुर जेल की फाँसी की कोठरी मैदान

में बनी है। किसी प्रकार की छाया निकट नहीं। प्रातःकाल आठ बजे से रात्रि के आठ बजे तक सूर्य देवता की कृपा से तथा चारों ओर रेतीली जमीन होने से अग्नि वर्षण होता रहता है। नौ फीट लंबी तथा नौ फीट चौड़ी कोठरी में केवल छः फीट लंबा और दो फीट चौड़ा द्वार है। पीछे की ओर जमीन के आठ या नौ फीट की ऊँचाई पर एक–दो फीट लंबी, एक फुट चौड़ी खिड़की है। इसी कोठरी में भोजन, स्नान, मल–मूत्र त्याग तथा शयनादि होता है। मच्छर अपनी मधुर ध्वनि रात भर सुनाया करते हैं। बड़े प्रयत्न से रात्रि में तीन या चार घण्टे निद्रा आती है, किसी–किसी दिन एक–दो घण्टे ही सोकर निर्वाह करना पड़ता था। मिट्टी के पात्रों में भोजन दिया जाता है। ओढ़ने–बिछाने के दो कम्बल मिले हैं। बड़े त्याग का जीवन है। साधना के साधन एकत्रित हैं। प्रत्येक क्षण शिक्षा दे रहा है– अंतिम समय के लिए तैयार हो जाओ, परमात्मा का भजन करो।

मुझे तो इस कोठरी में बड़ा आनन्द आ रहा है। मेरी इच्छा थी कि किसी साधु की गुफा पर कुछ दिन निवास करके योगाभ्यास किया जाता। अंतिम समय वह इच्छा भी पूर्ण हो गई। साधु की गुफा न मिले तो क्या, साधना की गुफा तो मिल गई। इसी कोठरी में यह सुयोग प्राप्त हो गया कि अपनी कुछ अंतिम बात लिखकर देशवासियों को अर्पण कर दूँ। संभव है कि मेरे जीवन के अध्ययन से किसी आत्मा का भला हो जाए। बड़ी कठिनता से यह शुभ अवसर प्राप्त हुआ।

महसूस हो रहे हैं बादे फना के झोंके।
खुलने लगे हैं मुझ पर असरार ज़िंदगी के।।
बारे अलम उठाया रंगे निशात देखा।
आये नहीं हैं यूँ ही अंदाज बेहिसी के।।
वफा पर दिल को सदके जान को नजरे जफा कर दे।
मुहब्बत में यह लाजिम है कि जो कुछ हो फिदा कर दे।।

अब तो यही इच्छा है–

बहे बहरे फना में जल्द या रब लाश "बिस्मिल" की।
कि भूखी मछलियाँ हैं जौहरे शमशीर कातिल की।।

समझकर फूँकना इसकी ज़रा ऐ दागे नाकामी।
बहुत–से घर भी हैं आबाद इस उजड़े हुए दिल से।।

परिणाम

ग्यारह वर्ष पर्यन्त यथाशक्ति प्राणपण से चेष्टा करने पर भी हम अपने उद्देश्य में कहाँ तक सफल हुए? क्या लाभ हुआ? इसका विचार करने से कुछ अधिक प्रयोजन सिद्ध न होगा, क्योंकि हमने लाभ–हानि अथवा जय–पराजय के विचार से क्रांतिकारी दल में योगदान नहीं दिया था। हमने जो कुछ किया वह अपना कर्तव्य समझकर किया। कर्तव्य–निर्णय में हमने कहाँ तक बुद्धिमत्ता से काम लिया, इसका विवेचन करना उचित जान पड़ता है। राजनैतिक दृष्टि से हमारे कार्यों का इतना ही मूल्य है कि कतिपय होनहार नवयुवकों के जीवन को कष्टमय बनाकर नीरस कर दिया, और उन्हीं में से कुछ ने व्यर्थ में जान गंवाई। कुछ धन भी खर्च किया। हिन्दू–शास्त्र के अनुसार किसी की अकाल मृत्यु नहीं होती, जिसका जिस विधि से जो काल होता है, वह उसी विधि समय पर ही प्राण त्याग करता है। केवल निमित्त–मात्र कारण उपस्थित हो जाते हैं। लाखों भारतवासी महामारी, हैजा, ताऊन इत्यादि अनेक प्रकार के रोगों से मर जाते हैं। करोड़ों दुर्भिक्ष में अन्न बिना प्राण त्यागते हैं, तो उसका उत्तरदायित्व किस पर है? रह गया धन का व्यय, सो इतना धन तो भले आदमियों के विवाहोत्सवों में व्यय हो जाता है। गणमान्य व्यक्तियों की तो केवल विलासिता की सामग्री का मासिक व्यय इतना होगा, जितना कि हमने एक षड्यंत्र के निर्माण में व्यय किया। हम लोगों को डाकू बताकर फाँसी और काले पानी की सजाएँ दी गई हैं। किंतु हम समझते हैं कि वकील और डॉक्टर हमसे कहीं बड़े डाकू हैं। वकील–डॉक्टर दिन दहाड़े बड़े–बड़े तालुल्केदारों की जायदादें लूटकर खा गए। वकीलों के चाटे हुए अवध के तालुल्केदारों को ढूँढे रास्ता भी दिखाई नहीं देता और वकील की ऊँची अट्टालिकाएं उन पर खिलखिला कर हँस रही हैं। इसी प्रकार लखनऊ में डॉक्टरों के भी ऊँचे–ऊँचे महल बन गए। किंतु राज्य में दिन के डाकुओं की प्रतिष्ठा है। अन्यथा रात के साधारण डाकुओं और दिन के इन डाकुओं (वकील तथा डॉक्टरों) में कोई भेद

नहीं। दोनों अपने–अपने मतलब के लिए बुद्धि की कुशलता से प्रजा का धन लूटते हैं।

ऐतिहासिक दृष्टि से हम लोगों के कार्य का बहुत बड़ा मूल्य है। जिस प्रकार भी हो, यह तो मानना ही पड़ेगा कि गिरी हुई अवस्था में भी, भारतवासी युवकों के हृदय में स्वाधीन होने के भाव विराजमान हैं। वे स्वतंत्र होने की यथाशक्ति चेष्टा भी करते हैं। यदि परिस्थितियाँ अनुकूल होतीं तो यही इने–गिने नवयुवक अपने प्रयत्नों से संसार को चकित कर देते। उस समय भारतवासियों को भी फ्रांसीसियों की भांति कहने का सौभाग्य प्राप्त होता जो कि उस जाति के नवयुवकों ने फ्रांसीसी प्रजातंत्र की स्थापना करते हुए कहा था : The monument so raised, may serve as a lesson to the oppressors and an instance to the oppressed. अर्थात् स्वाधीनता का जो स्मारक निर्माण किया गया है वह अत्याचारियों के लिए शिक्षा का कार्य करे और अत्याचार–पीड़ितों के लिए उदाहरण बने।

गाजी मुस्तफा कमालपाशा जिस समय तुर्की से भागे थे उस समय केवल इक्कीस युवक आपके साथ थे। कोई साजो–सामान न था, मौत का वारंट पीछे–पीछे घूम रहा था। पर समय ने ऐसा पलटा खाया कि उसी कमाल ने अपने कमाल से संसार को आश्चर्यान्वित कर दिया। वही कातिल कमालपाशा टर्की का भाग्यनिर्माता बन गया। महामना लेनिन को एक दिन शराब के पीपों में छिपकर भागना पड़ा था, नहीं तो मृत्यु में कुछ देर न थी। वही महात्मा लेनिन रूस के भाग्यविधाता बने। शिवाजी डाकू और लूटेरे समझे जाते थे, पर समय आया जबकि हिन्दू जाति ने उन्हें अपना सिरमौर बनाया, गौ–ब्राह्मण–रक्षक छत्रपति शिवाजी बना दिया! भारत सरकार को भी अपने स्वार्थ के लिए छत्रपति के स्मारक निर्माण कराने पड़े। क्लाइव एक उद्दण्ड विद्यार्थी था, जो अपने जीवन से निराश हो चुका था। समय के फेर ने उसी उद्दण्ड विद्यार्थी को अंग्रेज जाति का राज्य–स्थापनकर्ता लार्ड क्लाइव बना दिया। श्रीसुनयात सेन चीन के अराजकवादी पलायक (भागे हुए) थे। समय ने ही उसी पलायक को चीनी प्रजातंत्र का सभापति बना दिया। सफलता ही मनुष्य के भाग्य का निर्माण करती है। असफल होने पर उसी को बर्बर, डाकू, अराजक, राजद्रोही तथा हत्यारे के नामों से विभूषित किया जाता है।

सफलता उन्हीं सब नामों को बदलकर दयालु, प्रजापालक, न्यायकारी प्रजातंत्रवादी तथा महात्मा बना देती है।

भारतवर्ष के इतिहास में हमारे प्रयत्नों का उल्लेख करना ही पड़ेगा, किंतु इसमें भी कोई संदेह नहीं है कि भारतवर्ष की राजनैतिक, धार्मिक तथा सामाजिक किसी प्रकार की परिस्थिति इस समय क्रांतिकारी आंदोलन के पक्ष में नहीं है। इसका कारण यही है कि भारतवासियों में शिक्षा का अभाव है। वे साधारण से साधारण सामाजिक उन्नति करने में भी असमर्थ हैं। फिर राजनैतिक क्रांति की बात कौन कहे? राजनैतिक क्रांति के लिए सर्वप्रथम क्रांतिकारियों का संगठन ऐसा होना चाहिए कि अनेक विघ्न तथा बाधाओं के उपस्थित होने पर भी संगठन में किसी प्रकार त्रुटि न आए। सब कार्य यथावत् चलते रहें। कार्यकर्ता इतने योग्य तथा पर्याप्त संख्या में होने चाहिए कि एक की अनुपस्थिति में दूसरा स्थान–पूर्ति के लिए सदा उद्यत रहे। भारतवर्ष में कई बार कितने ही षड्यंत्रों का भंडा फूट गया और सब किया–कराया काम चौपट हो गया। जब क्रांतिकारी दलों की यह अवस्था है तो फिर क्रांति के लिए उद्योग कौन करे? देशवासी इतने शिक्षित हों कि वे वर्तमान सरकार की नीति को समझकर अपने हानि–लाभ को जानने में समर्थ हो सकें। वे यह भी पूर्णतया समझते हों कि वर्तमान सरकार को हटाना आवश्यक है या नहीं। साथ ही साथ उनमें इतनी बुद्धि भी होनी चाहिए कि किस रीति से सरकार को हटाया जा सकता है। क्रांतिकारी दल क्या है? वह क्या करना चाहता है? क्यों करना चाहता है? इन सारी बातों को जनता की अधिक संख्या समझ सके, क्रांतिकारियों के साथ जनता की पूर्ण सहानुभूति हो, तब कहीं क्रांतिकारी दल को देश में पैर रखने का स्थान मिल सकता है। यह तो क्रांतिकारी दल की स्थापना की प्रारंभिक बातें हैं। रह गई क्रांति, सो वह तो बहुत दूर की बात है।

क्रांति का नाम ही बड़ा भयंकर है। प्रत्येक प्रकार की क्रांति विपक्षियों को भयभीत कर देती है। जहाँ पर रात्रि होती है तो दिन का आगमन जान निशाचरों को दुःख होता है। ठंडी जलवायु में रहने वाले पशु–पक्षी गर्मी के आने पर उस देश को भी त्याग देते हैं। फिर राजनैतिक क्रांति तो बड़ी भयावनी होती है। मनुष्य अभ्यासों का समूह है। अभ्यासों के अनुसार ही उसकी प्रकृति भी बन जाती है। उसके विपरीत जिस समय

कोई बाधा उपस्थित होती है, तो उनको भय प्रतीत होता है। इसके अतिरिक्त प्रत्येक सरकार के सहायक अमीर और जमींदार होते हैं। ये लोग कभी नहीं चाहते कि उनके ऐशो–आराम में किसी प्रकार की बाधा पड़े। इसलिए वे हमेशा क्रांतिकारी आंदोलन को नष्ट करने का प्रयत्न करते हैं। यदि किसी प्रकार दूसरे देशों की सहायता लेकर, समय पाकर क्रांतिकारी दल क्रांति के उद्योग में सफल हो जाए, देश में क्रांति हो जाए तो भी योग्य नेता न होने से अराजकता फैलकर व्यर्थ की नर–हत्या होती है, और उस प्रयत्न में अनेक सुयोग्य वीरों तथा विद्वानों का नाश हो जाता है।

इसका ज्वलंत उदाहरण सन् 1857 ई. का गदर है। यदि फ्रांस तथा अमेरिका की भांति क्रांति द्वारा राजतंत्र को पलटकर प्रजातंत्र स्थापित भी कर लिया जाए तो बड़े–बड़े धनी पुरुष अपने धन, बल से सब प्रकार के अधिकारी को दबा बैठते हैं। कार्यकारिणी समितियों में बड़े–बड़े अधिकार धनियों को प्राप्त हो जाते हैं। देश के शासन में धनियों का मत ही उच्च आदर पाता है। धन–बल से देश के समाचार पत्रों, कल–कारखानों तथा खानो पर उनका ही अधिकार हो जाता है। मजबूरन जनता की अधिक संख्या धनिकों का समर्थन करने को बाध्य हो जाती है। जो दिमाग वाले होते हैं, वे भी समय पाकर बुद्धिबल से जनता की खरी कमाई से प्राप्त किये अधिकारों को हड़प कर बैठते हैं। स्वार्थ के वशीभूत होकर वे श्रमजीवियों तथा कृषकों को उन्नति का अवसर नहीं देते। अंत में ये लोग भी धनिकों के पक्षपाती होकर राजतंत्र के स्थान में धनिकतंत्र की ही स्थापना करते हैं। रूसी क्रांति के पश्चात् यही हुआ था। रूस के क्रांतिकारी इस बात को पहले ही जानते थे। अतएव उन्होंने राज्य सत्ता के विरुद्ध युद्ध करके राजतंत्र की समाप्ति की। इसके बाद जैसे ही धनी तथा बुद्धिजीवियों ने रोड़ा अटकाना चाहा कि उसी समय उनसे भी युद्ध करके उन्होंने वास्तविक प्रजातंत्र की स्थापना की।

अब विचारने की बात यह है कि भारतवर्ष में क्रांतिकारी आंदोलन के समर्थक कौन–कौन से साधन मौजूद हैं? पूर्व पृष्ठों में मैंने अपने अनुभवों का उल्लेख करके दिखला दिया है कि समिति के सदस्यों की उदर–पूर्ति तक के लिए कितना कष्ट उठाना पड़ा। प्राणार्पण से चेष्टा करने पर भी असहयोग आंदोलन के पश्चात् कुछ थोड़े–से ही

गिने–चुने युवक युक्तप्रान्त में ऐसे मिल सके, जो क्रांतिकारी आंदोलन का समर्थन करके सहायता देने को उद्यत हुए। इन गिने–चुने व्यक्तियों में भी हार्दिक सहानुभूति रखने वाले, अपनी जान पर खेल जाने वाले, कितने थे, उसका कहना ही क्या है। कैसे बड़ी–बड़ी आशाएँ बँधाकर इन व्यक्तियों को क्रांतिकारी समिति का सदस्य बनाया गया था, और इस अवस्था में, जबकि असहयोगियों ने सरकार की ओर से घृणा उत्पन्न कराने में कोई कसर न छोड़ी थी, खुले रूप में राज्यद्रोही बातों का पूर्ण प्रचार किया गया था। इस पर भी बोलशेविक सहायता की आशाएँ बधाँ–बँधा कर तथा क्रांतिकारियों के ऊँचे–ऊँचे आदर्शों तथा बलिदानों का उदाहरण दे–देकर प्रोत्साहन दिया जाता था। नवयुवकों के हृदय में क्रांतिकारियों के प्रति बड़ा प्रेम तथा श्रद्धा होती है। उनकी अस्त्र–शस्त्र रखने की स्वाभाविक इच्छा तथा रिवाल्वर या पिस्तौल से प्राकृतिक प्रेम उन्हें क्रांतिकारी दल से सहानुभूति उत्पन्न करा देता है।

मैंने अपने क्रांतिकारी जीवन में एक भी युवक ऐसा न देखा, जो एक रिवाल्वर या पिस्तौल अपने पास रखने की इच्छा न रखता हो। जिस समय उन्हें रिवाल्वर के दर्शन होते हैं, वे समझते हैं कि इष्टदेव के दर्शन प्राप्त हुए, आधा जीवन सफल हो गया। उसी समय से वे समझते हैं कि क्रांतिकारी दल के पास इस प्रकार के सहस्त्रों अस्त्र होंगे, तभी तो इतनी बड़ी सरकार से युद्ध करने का प्रयत्न कर रहे हैं। सोचते हैं कि धन की भी कोई कमी न होगी। अब क्या, अब समिति के व्यय से देश–भ्रमण का अवसर भी प्राप्त होगा, बड़े–बड़े त्यागी महात्माओं के दर्शन होंगे, सरकारी गुप्तचर विभाग का भी हाल मालूम हो सकेगा, सरकार द्वारा जब्त किताबें कुछ तो पहले पढ़ा दी जाती हैं, रही–सही की भी आशा रहती है कि बड़ा उच्च साहित्य देखने को मिलेगा, जो यों कभी प्राप्त नहीं हो सकता। साथ ही साथ ख्याल होता है कि क्रांतिकारियों ने देश के राजा–महाराजाओं को तो अपने पक्ष में कर ही लिया होगा। अब क्या, थोड़े दिन की ही कसर है, उलट दिया सरकार का राज्य। बम बनाना सीख ही जाएँगे, अमर बूटी प्राप्त हो जाएगी, इत्यादि। परंतु जैसे ही एक युवक क्रांतिकारी दल का सदस्य बनकर हार्दिक प्रेम से समिति के कार्यों में योगदान देता है, थोड़े दिनों में ही उसे विशेष सदस्य होने के अधिकार प्राप्त होते हैं, वह ऐक्टिव (कार्यशील) मेंबर बनता है, उसे

संस्था का कुछ असली भेद मालूम होता है, तब समझ में आता है कि कैसे भीषण कार्य में उसने हाथ डाला है। फिर तो वही दशा हो जाती है, जो "नकटा पंथ" के सदस्यों की थी।

जब चारों ओर से असफलता तथा अविश्वास की घटाएँ दिखाई देती हैं, तब यही विचार होता है कि ऐसे दुर्गम पथ में ये परिणाम तो होते ही हैं। दूसरे देश के क्रांतिकारियों के मार्ग में भी ऐसी ही बाधाएँ उपस्थित हुई होंगी। वीर वही कहलाता है जो अपने लक्ष्य को नहीं छोड़ता, इसी प्रकार की बातों से मन को शांत किया जाता है। भारत के जनसाधारण की तो कोई बात ही नहीं। अधिकांश शिक्षित समुदाय भी यह नहीं जानता कि क्रांतिकारी दल क्या चीज है, फिर उनसे सहानुभूति कौन रखे? बिना देशवासियों की सहानुभूति के अथवा बिना जनता की आवाज के सरकार भी किसी बात की कुछ चिंता नहीं करती। दो–चार पढ़े–लिखे एक–दो अंग्रेज़ी अखबार में दबे हुए शब्दों में यदि दो एक लेख लिख दें, तो वे अरण्यरोदन के समान निष्फल सिद्ध होते हैं। उनकी ध्वनि व्यर्थ में ही आकाश में विलीन हो जाती है। तमाम बातों को देखकर अब तो मैं इस निर्णय पर पहुँचा हूँ कि अच्छा हुआ जो मैं गिरफ्तार हो गया और भागा नहीं। भागने की मुझे सुविधाएँ थीं। गिरफ्तारी से पहले ही मुझे अपनी गिरफ्तारी का पूरा पता चल गया था। गिरफ्तारी के पूर्व भी यदि इच्छा करता तो पुलिस वालों को मेरी हवा भी न मिलती, किंतु मुझे तो अपनी शक्ति की परीक्षा करनी थी। गिरफ्तारी के बाद सड़क पर आध घण्टे तक बिना किसी बंधन के घूमता रहा। पुलिस वाले शांतिपूर्वक बैठे हुए थे। जब पुलिस कोतवाली में पहुँचा, दोपहर के समय पुलिस कोतवाली के दफ्तर में बिना किसी बंधन के खुला हुआ बैठा था। केवल एक सिपाही निगरानी के लिए पास बैठा हुआ था, जो रातभर का जागा था। सब पुलिस अफसर भी रातभर के जगे हुए थे, क्योंकि गिरफ्तारियों में लगे रहे थे। सब आराम करने चले गए थे। निगरानी वाला सिपाही भी घोर निद्रा में सो गया। दफ्तर में केवल एक मुंशी लिखा–पढ़ी कर रहे थे। यह भी श्रीरोशनसिंह अभियुक्त के फूफीजात भाई थे। यदि मैं चाहता तो धीरे से उठकर चल देता। पर मैंने विचारा कि मुंशी जी महाशय बुरे फँसेंगे। मैंने मुंशी जी को बुलाकर कहा कि यदि भावी आपत्ति के लिए तैयार हो तो मैं जाऊँ। वे मुझे पहले से जानते थे। पैरों पड़ गए

कि गिरफ्तार हो जाऊँगा, बाल–बच्चे भूखों मर जाएंगे। मुझे दया आ गई। एक घण्टे बाद श्रीअशफाकउल्ला खां के मकान की तलाशी लेकर पुलिस वाले लौटे। श्रीअशफाकउल्ला खां के भाई की कारतूसी बंदूक और कारतूस की भरी हुई पेटी लाकर उन्हीं मुंशी जी के पास रख दी गई, और मैं पास ही कुर्सी पर खुला हुआ बैठा था। केवल एक सिपाही खाली हाथ पास में खड़ा था। इच्छा हुई कि बंदूक उठाकर कारतूसों की पेटी गले में डाल लूँ, फिर कौन सामने आता है। पर फिर सोचा कि मुंशी जी पर आपत्ति आएगी, विश्वासघात करना ठीक नहीं। उस समय खुफिया पुलिस के डिप्टी सुपरिटेंडेंट सामने छत पर आए। उन्होंने देखा कि मेरे एक ओर कारतूस तथा बंदूक पड़ी है, दूसरी ओर श्रीप्रेमकृष्ण का माउजर पिस्तौल तथा कारतूस रखे हैं, क्योंकि सब चीजें मुंशी जी के पास आकर जमा होती थीं और मैं बिना किसी बंधन के बीच में खुला हुआ बैठा हूँ। डिप्टी सुपरिटेंडेंट को तुरंत संदेह हुआ, उन्होंने बंदूक तथा पिस्तौल को वहाँ से हटवाकर मालखाने में बंद करवाया। निश्चय किया कि अब भाग चलूँ। पाखाने के बहाने से बाहर निकाला गया। एक सिपाही कोतवाली से बाहर दूसरे स्थान में शौच के निमित्त लिवा गया। दूसरे सिपाहियों ने उससे बहुत कुछ कहा कि रस्सी डाल लो। उसने कहा मुझे विश्वास है यह भागेगा नहीं। पाखाना नितांत निर्जन स्थान में था। मुझे पाखाने भेजकर वह सिपाही खड़े होकर सामने कुश्ती देखने लगा। मैंने दीवार पर पैर रखा और चढ़कर देखा कि सिपाही महोदय कुश्ती देखने में मस्त हैं। हाथ बढ़ाते ही दीवार के ऊपर और एक क्षण में बाहर हो जाता, फिर मुझे कौन पकड़ पाता? किंतु तुरंत विचार आया कि जिस सिपाही ने विश्वास करके तुम्हें इतनी स्वतंत्रता दी, उसके साथ विश्वासघात करके भागकर उसको जेल में डालोगे? क्या यह अच्छा होगा? उसके बाल–बच्चे क्या कहेंगे? इस भाव ने हृदय पर एक ठोकर लगाई। एक ठंडी सांस भरी, दीवार से उतरकर बाहर आया, सिपाही महोदय को साथ लेकर कोतवाली की हवालात में आकर बंद हो गया।

लखनऊ जेल में काकोरी के अभियुक्तों को बड़ी भारी आजादी थी। राय साहब पंडित चम्पालाल जेलर की कृपा से हम कभी न समझ सके कि जेल में हैं या किसी रिश्तेदार के यहाँ मेहमानी कर रहे हैं। जैसे माता–पिता से छोटे–छोटे लड़के बात–बात पर बिगड़ जाते हैं, यही

हमारा हाल था। हम लोग जेल वालों से बात–बात पर ऐंठ जाते। पंडित चम्पालालजी का ऐसा हृदय था कि वे हम लोगों से अपनी संतान से भी अधिक प्रेम करते थे। हममें से किसी को जरा–सा कष्ट होता था, तो उन्हें बड़ा दुःख होता था। हमारे तनिक से कष्ट को भी वह स्वयं न देख सकते थे। और हम लोग ही क्यों, उनके जेल में किसी कैदी या सिपाही जमादार या मुंशी– किसी को भी कोई कष्ट नहीं। सब बड़े प्रसन्न थे। इसके अतिरिक्त मेरी दिनचर्या तथा नियमों का पालन देखकर पहरे के सिपाही अपने गुरु से भी अधिक मेरा सम्मान करते थे। मैं यथानियम जाड़े, गर्मी तथा बरसात में प्रातःकाल तीन बजे से उठकर संध्यादि से निवृत्त हो नित्य हवन भी करता था। प्रत्येक पहरे का सिपाही देवता के समान मेरा पूजन करता था। यदि किसी के बाल–बच्चे को कष्ट होता था तो वह हवन की भभूत ले जाता था। कोई जंत्र मांगता था। उनके विश्वास के कारण उन्हें आराम भी होता था तथा उनकी श्रद्धा और भी बढ़ जाती थी। परिणामस्वरूप जेल से निकल जाने का पूरा प्रबंध कर लिया। जिस समय चाहता चुपचाप निकल जाता। एक रात्रि को तैयार होकर उठ खड़ा हुआ। बैरक के नम्बरदार तो मेरे सहारे पहरा देते थे। जब जी में आता सोते, जब इच्छा होती बैठ जाते, क्योंकि वे जानते थे कि यदि सिपाही या जमादार सुपरिटेंडेंट जेल के सामने पेश करना चाहेंगे तो मैं बचा लूँगा। सिपाही तो कोई चिंता ही न करते थे। चारों ओर शांति थी। केवल इतना प्रयत्न करना था कि लोहे की कटी हुई सलाखों को उठाकर बाहर हो जाऊँ। चार महीने पहले से लोहे की सलाखें काट ली थीं। काटकर वे ऐसे ढंग से जमा दी थीं कि सलाखें धोई गईं, रंगत लगवाई गई, तीसरे दिन झाड़ी जातीं, आठवें दिन हथौड़े से ठोंकी जातीं और जेल के अधिकारी नित्य प्रति सायंकाल घूमकर सब ओर दृष्टि डाल जाते थे, पर किसी को कोई पता न चला। जैसे ही मैं जेल से भागने का विचार करके उठा था, ध्यान आया कि जिन पंडित चम्पालाल की कृपा से सब प्रकार के आनन्द भोगने की स्वतंत्रता जेल में प्राप्त हुई, उनके बुढ़ापे में जबकि थोड़ा–सा समय ही उनकी पेंशन के लिए बाकी है, क्या उन्हीं के साथ विश्वासघात करके निकल भागूँ? सोचा जीवन–भर किसी के साथ विश्वासघात न किया। अब भी विश्वासघात न करूँगा। उस समय मुझे यह भली–भाँति मालूम हो चुका था कि मुझे

फाँसी की सजा होगी, पर उपरोक्त बात सोचकर भागना स्थगित कर दिया। ये सब बातें चाहे प्रलाप ही क्यों न मालूम हों, किंतु सब अक्षरशः सत्य हैं, सबके प्रमाण विद्यमान हैं।

मैं इस समय इस परिणाम पर पहुँचा हूँ कि हम लोगों ने प्राणपण से जनता को शिक्षित बनाने में पूर्ण प्रयत्न किया होता, तो हमारा उद्योग क्रांतिकारी आंदोलन से कहीं अधिक लाभदायक होता, जिसका परिणाम स्थायी होता। अति उत्तम होगा यदि भारत की भावी संतान नवयुवक वृन्द क्रांतिकारी संगठन करने की अपेक्षा जनता की प्रवृत्ति को देश–सेवा की ओर लगाने का प्रयत्न करें और श्रमजीवी तथा कृषकों का संगठन करके उनको जमीदारों तथा रईसों के अत्याचारों से बचाएँ। भारतवर्ष के रईस तथा जमींदार सरकार के पक्षपाती हैं। मध्यम श्रेणी के लोग किसी न किसी प्रकार इन्हीं तीनों के आश्रित हैं। कोई तो नौकरीपेशा हैं और जो कोई व्यवसाय भी करते हैं, उन्हें भी इन्हीं के मुँह की ओर ताकना पड़ता है। रह गए श्रमजीवी तथा कृषक– सो उनको उदर–पूर्ति के उद्योग से ही समय नहीं मिलता, जो धर्म, समाज तथा राजनीति की ओर कुछ ध्यान दे सकें। मद्यपानादि दुर्व्यसनों के कारण उनका आचरण भी ठीक नहीं रह सकता। व्यभिचार, संतान–वृद्धि, अल्पायु में मृत्यु तथा अनेक प्रकार के रोगों से जीवनभर उनकी मुक्ति नहीं हो सकती। कृषकों में उद्योग का तो नाम भी नहीं पाया जाता। यदि एक किसान को जमींदार की मजदूरी करने या हल चलाने की नौकरी करने पर गाँव में आज से बीस वर्ष पूर्व दो आने रोज या चार रुपये मासिक मिलते थे, तो आज भी वही वेतन बंधा चला आ रहा है। बीस वर्ष पूर्व वह अकेला था, अब उसकी स्त्री तथा चार संतानें भी हैं। पर उसी वेतन में उसे निर्वाह करना पड़ता है। उसे उसी पर संतोष करना पड़ता है। सारे दिन जेठ की लू तथा धूप में गन्ने के खेत में पानी देते–देते उसको रतौंधी आने लगती है। अँधेरा होते ही आँख से दिखाई नहीं देता, पर उसके बदले में आधा सेर सड़े हुए शीरे का शरबत या आधा सेर चना तथा छह पैसे रोज मजदूरी मिलती है, जिसमें ही उसे अपने परिवार का पेट पालना पड़ता है।

जिसके हृदय में भारतवर्ष की सेवा के भाव उपस्थित हों, या जो भारतभूमि को स्वतंत्र देखने या स्वाधीन बनाने की इच्छा रखता हो, उसे उचित है कि ग्रामीण संगठन करके कृषकों की दशा सुधारकर,

उनके हृदय से भाग्य–निर्भरता को हटाकर उद्योगी बनने की शिक्षा दे। कल–कारखाने, रेलवे, जहाज तथा खानों में जहाँ कही श्रमजीवी हों, उनकी दशा को सुधारने के लिए श्रमजीवियों के संघ की स्थापना की जाए, ताकि उनको अपनी अवस्था का ज्ञान हो सके और कारखानों के मालिक मनमाने अत्याचार न कर सकें और अछूतों को, जिनकी संख्या इस देश में लगभग छह करोड़ है, पर्याप्त शिक्षा प्राप्त कराने का प्रबंध हो तथा उनको सामाजिक अधिकारों में समानता मिले। जिस देश में छह करोड़ मनुष्य अछूत समझे जाते हों, उस देश के वासियों को स्वाधीन बनने का अधिकार ही क्या है? इसी के साथ ही साथ स्त्रियों की दशा भी इतनी सुधारी जाए कि वे अपने आपको मनुष्य जाति का अंग समझने लगें। वे "पैर की जूती" तथा "घर की गुड़िया" न समझी जाएँ। इतने कार्य हो जाने के बाद जब भारत की जनता का अधिकांश भाग शिक्षित हो जाएगा, वे अपनी भलाई–बुराई समझने के योग्य हो जाएँगे, उस समय प्रत्येक आंदोलन जिसका शिक्षित जनता समर्थन करेगी, अवश्य सफल होगा। संसार की बड़ी–से–बड़ी शक्ति भी उसके दबाने में समर्थ न हो सकेगी। रूस में जब तक किसान संगठन नहीं हुआ, रूस सरकार की ओर से देश–सेवकों पर मनमाने अत्याचार होते रहे। जिस समय से "केथोराइन" ने ग्रामीण–संगठन का कार्य अपने हाथ में लिया, स्थान–स्थान पर कृषक सुधारक संघों की स्थापना की, घूम–घूमकर रूस के युवक तथा युवतियों ने जारशाही के विरुद्ध प्रचार आरम्भ किया, तभी से किसानों को अपनी वास्तविक अवस्था का ज्ञान होने लगा और वे अपने मित्र तथा शत्रु को समझने लगे, उसी समय से जारशाही की नींव हिलने लगी। श्रमजीवियों के संघ भी स्थापित हुए। रूस में हड़तालों का आरम्भ हुआ। उसी समय से जनता की प्रवृत्ति को देखकर मदान्धों के नेत्र खुल गए।

भारतवर्ष में सबसे बड़ी कमी यही है कि इस देश के युवकों में शहरी जीवन व्यतीत करने की बान पड़ गई है। युवक–वृंद साफ–सुथरे कपड़े पहनने, पक्की सड़कों पर चलने, मीठा, खट्टा तथा चटपटा भोजन करने, विदेशी सामग्री से सुसज्जित बाजारों में घूमने, मेज–कुर्सी पर बैठने तथा विलासिता में फँसे रहने के आदी हो गए हैं। ग्रामीण जीवन को वे नितांत नीरस तथा शुष्क समझते हैं। उनकी समझ में, ग्रामों में

अर्ध–सभ्य या जंगली लोग निवास करते हैं। यदि कभी किसी अंग्रेज़ी स्कूल या कॉलेज में पढ़ने वाला विद्यार्थी किसी कार्यवश अपने किसी संबंधी के यहाँ गाँव में पहुँच जाता है, तो उसे वहाँ दो–चार दिन काटना कठिन हो जाता है। वह या तो कोई उपन्यास साथ ले जाता है, जिसे अलग बैठे पढ़ा करता है, या पड़े–पड़े सोया करता है। किसी ग्रामवासी से बातचीत करने से उसका दिमाग थक जाता है, या उससे बातचीत करना वह अपनी शान के खिलाफ समझता है। ग्रामवासी जमींदार या रईस जो अपने लड़कों को अंग्रेज़ी पढ़ाते हैं, उनकी भी यही इच्छा रहती है कि जिस प्रकार हो सके उनके लड़के कोई सरकारी नौकरी पा जाएँ। ग्रामीण बालक जिस समय शहर में पहुँचकर शहरी शान को देखते हैं, इतनी बुरी तरह से उन पर फैशन का भूत सवार हो जाता है कि उनके मुकाबले फैशन बनाने की चिंता किसी को भी नहीं। थोड़े दिनों में उनके आचरण पर भी इसका प्रभाव पड़ता है और वे स्कूल के गंदे लड़कों के हाथ में पड़कर बड़ी बुरी–बुरी आदतों के घर बन जाते हैं। उनसे जीवन–पर्यन्त अपना ही सुधार नहीं हो पाता। फिर वे ग्रामवासियों का सुधार क्या खाक कर सकेंगे?

असहयोग आंदोलन में कार्यकर्ताओं की इतनी अधिक संख्या होने पर भी सबके सब शहर के प्लेटफार्मों पर लेक्चरबाजी करना ही अपना कर्तव्य समझते थे। ऐसे बहुत थोड़े कार्यकर्ता थे, जिन्होंने ग्रामों में कुछ कार्य किया। उनमें भी अधिकतर ऐसे थे, जो केवल हुल्लड़ कराने में ही देशोद्धार समझते थे। परिणाम यह हुआ कि आंदोलन में थोड़ी–शिथिलता आते ही सब कार्य अस्त–व्यस्त हो गया। इसी कारण महामना देशबन्धु चितरंजनदास ने अंतिम समय में ग्राम–संगठन ही अपने जीवन का ध्येय बनाया था। मेरे विचार से ग्राम संगठन की सबसे सुगम रीति यही हो सकती है कि युवकों में शहरी जीवन छोड़कर ग्रामीण–जीवन के प्रति प्रीति उत्पन्न हो। जो युवक मिडिल, एंट्रेन्स, एफ.ए., बी.ए. पास करने में हजारों रुपए नष्ट करके दस, पंद्रह बीस या तीस रुपए की नौकरी के लिए ठोकरें खाते फिरते हैं। उन्हें नौकरी का आसरा छोड़कर कोई उद्योग जैसे– बढ़ईगीरी, लुहारगीरी, राजगीरी इत्यादि सीख लेना चाहिए। यदि जरा साफ सुथरे रहना हो तो वैद्यक सीखें। किसी बड़े ग्राम या कस्बे में जाकर काम शुरू करें। उपरोक्त कामों में से कोई काम

भी ऐसा नहीं है, जिसमें चार या पाँच घण्टा मेहनत करके तीस रुपए मासिक की आय न हो जाए। ग्राम में तीस रुपये मासिक शहर के साठ रुपये से अधिक हैं, क्योंकि ग्राम में लकड़ी, कपड़ों का मूल्य बहुत कम होता है और यदि किसी जमींदार की कृपा हो गई और एक सूखा हुआ वृक्ष कटवा दिया तो छह महीने के लिए ईंधन की छुट्टी हो गई। शुद्ध घी, दूध सस्ते दागों में मिल जाता है और स्वयं एक या दो गाय या भैंस पाल ली, तब तो आम के आम गुठलियों के दाम ही मिल गए। चारा सस्ता मिलता है। घी–दूध बाल–बच्चे खाते हैं। कंडों का ईंधन होता है और यदि किसी की कृपा हो गई तो फसल पर एक या दो भूसे की गाड़ी बिना मूल्य ही मिल जाती है। अधिकतर कामकाजियों को गांव में चारा, लकड़ी के लिए पैसा खर्च नहीं करना पड़ता। हजारों अच्छे–अच्छे ग्राम हैं, जिनमें वैद्य, दर्जी, धोबी निवास ही नहीं करते। उन ग्रामों के लोगों को दस, बीस कोस दूर दौड़ना पड़ता है। वे इतने दुःखी होते हैं कि जिसका अनुमान करना कठिन है। विवाह आदि के अवसरों पर यथासमय कपड़े नहीं मिलते। काष्टादिक औषधियाँ बड़े–बड़े कस्बों में नहीं मिलतीं। यदि मामूली अत्तार बनकर ही कस्बे में बैठ जाएँ, और दो–चार किताबें देख कर ही औषधि दिया करें तो भी तीस–चालीस रुपए मासिक की आय तो कहीं गई ही नहीं। इस प्रकार उदर निर्वाह तथा परिवार का प्रबंध हो जाता है। ग्रामों की अधिक जनसंख्या से परिचय हो जाता है। परिचय ही नहीं, जिसका एक समय जरूरत पर काम निकल गया, वह आभारी हो जाता है। उसकी आँख नीची रहती है। आवश्यकता पड़ने पर वह तुरंत सहायक होता है। ग्राम में कौन ऐसा पुरुष है जिसका लुहार, बढ़ई, धोबी, दर्जी, कुम्हार या वैद्य से काम नहीं पड़ता? मेरा पूर्ण अनुभव है कि इन लोगों की भले–भले ग्रामवासी खुशामद करते रहते हैं।

रोजाना काम पड़ते रहने से और संबंध होने से यदि थोड़ी–सी चेष्टा की जाए और ग्रामवासियों को थोड़ा–सा उपदेश देकर उनकी दशा सुधारने का प्रयत्न किया जाए तो बड़ी जल्दी काम बने। अल्प समय में ही वे सच्चे स्वदेश भक्त खद्दरधारी बन जाएँ। यदि उनमें एक दो शिक्षित हों तो उत्साहित करके उसके पास एक समाचार पत्र मँगाने का प्रबंध कर दिया जाए। देश की दशा का भी उन्हें कुछ ज्ञान होता रहे। इसी तरह सरल–सरल पुस्तकों की कथाएँ सुनाकर उनमें से कुप्रथाओं को भी

छुड़ाया जा सकता है। कभी–कभी रामायण या भागवत की कथा सुनाया करें। यदि नियमित रूप से भागवत की कथा कहें तो पर्याप्त धन भी चढ़ावे में आ सकता है, जिससे एक पुस्तकालय स्थापित कर दें। कथा कहने के अवसर पर बीच–बीच में चाहे कितनी राजनीति का समावेश कर जाए, कोई खुफिया पुलिस का रिपोर्टर नहीं बैठा जो रिर्पोट करे। वैसे यदि कोई खद्दरधारी ग्राम में उपदेश करना चाहे तो तुरंत ही जमींदार पुलिस में खबर कर दे और यदि कस्बे के वैद्य, लड़के, पढ़ाने वाले अथवा कथा कहने वाले पण्डित कोई बात कहें तो सब चुपचाप सुनकर उस पर अमल करने की कोशिश करते हैं और उन्हें कोई पूछता भी नहीं। इसी प्रकार अनेक सुविधाएँ मिल सकती हैं, जिनके सहारे ग्रामीणों की सामाजिक दशा सुधारी जा सकती है। रात्रि–पाठशालाएँ खोलकर निर्धन तथा अछूत जातियों के बालकों को शिक्षा दे सकते हैं। श्रमजीवी संघ स्थापित करने में शहरी जीवन तो व्यतीत हो सकता है, किंतु इसके लिए उनके साथ अधिक समय खर्च करना पड़ेगा। जिस समय वे अपने–अपने काम से छुट्टी पाकर आराम करते हैं, उस समय उनके साथ वार्तालाप करके मनोहर उपदेशों द्वारा उनको उनकी दशा का दिग्दर्शन कराने का अवसर मिल सकता है। इन लोगों के पास वक्त बहुत कम होता है। इसलिए बेहतर यही होगा कि चित्ताकर्षक साधनों द्वारा किसी उपदेश करने की रीति से, जैसे लालटेन द्वारा तस्वीरें दिखाकर या किसी दूसरे उपाय से उनको एक स्थान पर एकत्रित किया जा सके, तथा रात्रि पाठशालाएँ खोलकर उन्हें तथा उनके बच्चों को शिक्षा देने का भी प्रबंध किया जाए। जितने युवक उच्च शिक्षा प्राप्त करके व्यर्थ में धन व्यय करने की इच्छा रखते हैं। उनके लिए उचित है कि वे अधिक से अधिक अंग्रेज़ी के दसवें दर्जे तक की योग्यता प्राप्त कर किसी कला–कौशल के सीखने का प्रयत्न करें और उस कला कौशल द्वारा ही अपना जीवन निर्वाह करें।

जो धनी–मानी स्वदेश–सेवार्थ बड़े–बड़े विद्यालयों तथा पाठशालाओं की स्थापना करते हैं, उनको चाहिए कि विद्यापीठों के साथ–साथ उद्योगपीठ, शिल्पविद्यालय तथा कलाकौशल भवनों की स्थापना भी करें। इन विद्यालयों के विद्यार्थियों को नेतागिरी के लोभ से बचाया जाए। विद्यार्थियों का जीवन सादा हो और विचार उच्च हों। इन्हीं विद्यालयों में एक–एक उपदेशक विभाग भी हों, जिसमें विद्यार्थी प्रचार करने का

ढंग सीख सकें। जिन युवकों के हृदय में स्वदेश सेवा के भाव हों, उन्हें कष्ट सहन करने की आदत डालकर सुसंगठित रूप से ऐसा कार्य करना चाहिए, जिसका परिणाम स्थायी हो। केथोराइन[1] ने इसी प्रकार कार्य किया था। उदर–पूर्ति के निमित्त केथोराइन के अनुयायी ग्रामों में जाकर कपड़े सीते या जूते बनाते और रात्रि के समय किसानों को उपदेश देते थे। जिस समय से मैंने केथोराइन की जीवनी (The Grandmother of the Russian Revolution) का अंग्रेज़ी भाषा में अध्ययन किया, मुझपर उसका प्रभाव पड़ा। मैंने तुरंत उसकी जीवनी "केथोराइन" नाम से हिंदी में प्रकाशित कराई। मैं भी उसी प्रकार काम करना चाहता था, पर बीच में ही क्रांतिकारी दल में फंस गया। मेरा तो अब यह दृढ़ निश्चय हो गया है कि अभी पचास वर्ष तक क्रांतिकारी दल को भारत वर्ष में सफलता नहीं मिल सकती, क्योंकि यहाँ की स्थिति उसके उपयुक्त नहीं। अतएव क्रांतिकारी दल का संगठन करके व्यर्थ में युवकों के जीवन को नष्ट करना और शक्ति का दुरुपयोग करना आदि बड़ी भारी भूले हैं। इससे लाभ के स्थान में हानि की संभावना बहुत अधिक है। नवयुवकों को मेरा अंतिम संदेश ही है कि वे रिवाल्वर या पिस्तौल को अपने पास रखने की इच्छा को त्याग कर सच्चे देश–सेवक बनें। पूर्ण–स्वाधीनता उनका ध्येय हो और वे वास्तविक साम्यवादी बनने का प्रयत्न करते रहें। फल की इच्छा छोड़कर सच्चे प्रेम से कार्य करें, परमात्मा सदैव उनका भला ही करेगा।

यदि देश–हित मरना पड़े मुझको सहस्त्रों बार भी,
तो भी न मैं इस कष्ट को निज ध्यान में लाऊँ कभी।
हे ईश भारतवर्ष में शत बार मेरा जन्म हो,
कारण सदा ही मृत्यु का देशोपकारक कर्म हो।

अंतिम समय की बातें

आज 16 दिसंबर, 1927 ई. को निम्नलिखित पंक्तियों का उल्लेख कर रहा हूँ, जबकि 19 सितंबर, 1927 ई. सोमवार (पौष कृष्ण 11 सम्वत् 1984 वि.)

1. केथोराइन रूस के एक क्रांतिकारी नेता थे।

को साढ़े छह बजे प्रातःकाल इस शरीर को फाँसी पर लटका देने की तिथि निश्चित हो चुकी है। अतएव नियत समय पर इहलीला संवरण करनी होगी। यह सर्वशक्तिमान प्रभु की लीला है। सब कार्य उसकी इच्छानुसार ही होते हैं। यह परमपिता परमात्मा के नियमों का परिणाम है कि किस प्रकार किसको शरीर त्यागना होता है। मृत्यु के सकल उपक्रम निमित्त मात्र हैं। जब तक कर्म क्षय नहीं होता आत्मा को जन्म मरण के बंधन में पड़ना ही होता है, यह शास्त्रों का निश्चय है। यद्यपि यह बात वह परब्रह्म ही जानता है कि किन कर्मों के परिणामस्वरूप कौन–सा शरीर इस आत्मा को ग्रहण करना होगा किंतु अपने लिए यह दृढ़ निश्चय है कि मैं उत्तम शरीर धारण कर नवीन शक्तियों सहित अति शीघ्र ही पुनः भारतवर्ष में ही किसी निकटवर्ती संबंधी या इष्ट मित्र के गृह में जन्म ग्रहण करूँगा, क्योंकि मेरा जन्म–जन्मान्तर उद्देश्य रहेगा कि मनुष्य मात्र को सभी प्राकृतिक पदार्थों पर समानाधिकार प्राप्त हो। कोई किसी पर हुकूमत न करे। सारे संसार में जनतंत्र की स्थापना हो। वर्तमान समय में भारतवर्ष की अवस्था बड़ी शोचनीय है। अतएव लगातार कई जन्म इसी देश में ग्रहण करने होंगे और जब तक कि भारतवर्ष के नर–नारी पूर्णतया सर्वरूपेण स्वतंत्र न हो जाएँ, परमात्मा से मेरी यह प्रार्थना होगी कि वह मुझे इसी देश में जन्म दे, ताकि उसकी पवित्र वाणी–"वेद वाणी" का अनुपम घोष मनुष्य मात्र के कानों तक पहुँचाने में समर्थ हो सकूँ। संभव है कि मैं मार्ग–निर्धारण में भूल करूँ, पर इसमें मेरा कोई विशेष दोष नहीं, क्योंकि मैं भी अल्पज्ञ जीव मात्र ही हूँ। भूल न करना केवल सर्वज्ञ से ही संभव है। हमें परिस्थितियों के अनुसार ही सब कार्य करने पड़े, और करने होंगे। परमात्मा अगले जन्म में सुबुद्धि प्रदान करे ताकि मैं जिस मार्ग का अनुसरण करूँ, वह त्रुटि रहित ही हो।

अब मैं उन बातों का उल्लेख कर देना उचित समझता हूँ, जो काकोरी षड्यंत्र के अभियुक्तों के संबंध में सेशन जज के फैसला सुनाने के पश्चात् घटित हुईं। 6 अप्रैल 1927 ई. को सेशन जज ने फैसला सुनाया था। 18 जुलाई 1927 ई. को अवध चीफ कोर्ट में अपील हुई। इसमें कुछ की सजाएँ बढ़ी और एकाध की कम भी हुईं। अपील होने की तारीख से पहले मैंने संयुक्त प्रान्त के गर्वनर की सेवा में एक मेमोरियल (ज्ञापन) भेजा था, जिसमें प्रतिज्ञा की थी कि अब भविष्य में

क्रांतिकारी दल से कोई संबंध नहीं रखूँगा। इस मेमोरियल का ज़िक्र मैंने अपनी अंतिम दया–प्रार्थना पत्र में, जो मैंने चीफ कोर्ट के जज को दिया था, कर दिया था, किंतु चीफ कोर्ट के जजों ने मेरी किसी प्रकार की प्रार्थना स्वीकार न की। मैंने स्वयं ही जेल से अपने मुकदमे की बहस लिखकर भेजी जो छापी गई। जब यह बहस चीफ कोर्ट के जजों ने सुनी उन्हें बड़ा संदेह हुआ कि बहस मेरी लिखी हुई न थी। इन तमाम बातों का नतीजा यह निकला कि चीफ कोर्ट अवध द्वारा मुझे महाभयंकर षड्यंत्रकारी की पदवी दी गई। मेरे पश्चाताप पर जजों को विश्वास न हुआ और उन्होंने अपनी धारणा को इस प्रकार प्रकट किया कि यदि यह (रामप्रसाद) छूट गया तो फिर वही कार्य करेगा। बुद्धि की प्रखरता तथा समझ पर प्रकाश डालते हुए मुझे "निर्दयी हत्यारे" के नाम से विभूषित किया गया। लेखनी उनके हाथ में थी, जो चाहे सो लिखते, किंतु काकोरी षड्यंत्र का चीफ कोर्ट का आद्योपान्त फैसला पढ़ने से भली–भांति विदित होता है कि मुझे मृत्यु दण्ड किस ख्याल से दिया गया। यह निश्चय किया गया कि रामप्रसाद ने सेशन जज के विरुद्ध अपशब्द कहे हैं, खुफिया विभाग के कार्यकर्ताओं पर लांछन लगाए हैं अर्थात् अभियोग के समय जो अन्याय होता था, उसके विरुद्ध आवाज उठाई है, अतएव रामप्रसाद सब से बड़ा गुस्ताख मुलजिम है। अब माफी चाहे वह किसी रूप में माँगे, नहीं दी जा सकती।

चीफ कोर्ट से अपील खारिज हो जाने के बाद यथानियम प्रांतीय गवर्नर तथा फिर वाइसराय के पास दया–प्रार्थना की गई। रामप्रसाद "बिस्मिल", राजेन्द्रनाथ लाहिड़ी, रोशनसिंह तथा अशफाकउल्ला खां के मृत्यु–दण्ड को बदलकर अन्य दूसरी सजा देने की सिफारिश करते हुए संयुक्त प्रान्त की कौंसिल के लगभग सभी निर्वाचित हुए मेंबरों ने हस्ताक्षर करके निवेदन–पत्र दिया। मेरे पिता ने ढाई सौ रईस, ऑनरेरी मजिस्ट्रेट तथा जमींदारों के हस्ताक्षर से एक अलग प्रार्थना पत्र भेजा, किंतु श्रीमान् सर विलियम मेरिस की सरकार ने एक न सुनी। उसी समय लेजिस्लेटिव असेंबली तथा कौंसिल ऑफ स्टेट के 78 सदस्यों ने हस्ताक्षर करके वाइसराय के पास प्रार्थना–पत्र भेजा कि "काकोरी षड्यंत्र के मृत्युदण्ड पाए हुओं को मृत्युदण्ड की सजा बदलकर दूसरी सजा कर दी जाए, क्योंकि दौरा जज ने सिफारिश की है कि यदि ये लोग पश्चाताप करें

तो सरकार दण्ड कम दे। चारों अभियुक्तों ने पश्चाताप प्रकट कर दिया है।" किंतु वाइसराय महोदय ने भी एक न सुनी।

इस विषय में माननीय पंडित मदनमोहन मालवीय जी ने तथा असेंबली के कुछ अन्य सदस्यों ने वाइसराय से मिलकर भी प्रयत्न किया था कि मृत्युदण्ड न दिया जाए। इतना होने पर सबको आशा थी कि वाइसराय महोदय अवश्यमेव मृत्युदण्ड की आज्ञा रद्द कर देंगे। इसी हालत में चुपचाप विजयदशमी से दो दिन पहले जेलों को तार भेज दिए गए कि दया नहीं होगी सबकी फाँसी की तारीख मुकर्रर हो गई। जब मुझे सुपरिटेंडेंट ने जेल में तार सुनाया, तो मैंने कह दिया कि आप अपना काम कीजिए। किंतु सुपरिटेंडेंट जेल के अधिक कहने पर कि एक तार दया–प्रार्थना का सम्राट के पास भेज दो, क्योंकि यह उन्होंने एक नियम–सा बना रखा है कि प्रत्येक फाँसी के कैदी की ओर से जिसकी दया–भिक्षा की अर्जी वाइसराय के यहाँ से खारिज हो जाती है, वह एक तार सम्राट के नाम से प्रान्तीय सरकार के पास अवश्य भेजते हैं। कोई दूसरा जेल सुपरिटेंडेंट ऐसा नहीं करता। उपरोक्त तार लिखते समय मेरा कुछ विचार हुआ कि प्रिवी कौंसिल इंग्लैण्ड में अपील की जाए। मैंने श्रीमोहनलाल सक्सेना वकील लखनऊ को सूचना दी। बाहर किसी को वाइसराय द्वारा अपील खारिज करने की बात पर विश्वास भी न हुआ। जैसे तैसे करके श्रीमोहनलाल द्वारा प्रिवी कौंसिल में अपील कराई गई। नतीजा तो पहले से मालूम था। वहाँ से भी अपील खारिज हुई। यह जानते हुए कि अंग्रेज सरकार कुछ भी न सुनेगी मैंने सरकार को प्रतिज्ञा–पत्र क्यों लिखा? क्यों अपीलों पर अपीलें तथा दया–प्रार्थनाएँ की? इस प्रकार से प्रश्न उठ सकते हैं।

मेरी समझ में सदैव यही आया कि राजनीति एक शतरंज के खेल के समान है। शतरंज के खेलने वाले भली–भाँति जानते हैं कि आवश्यकता होने पर किस प्रकार अपने मोहरे मरवा देने पड़ते हैं। बंगाल आर्डिनेंस के कैदियों के छोड़ने या उन पर खुली अदालत में मुकदमा चलाने के प्रस्ताव जब असेंबली में पेश किए गए, तो सरकार की ओर से बड़े जोरदार शब्दों में कहा गया कि, सरकार के पास पूरा सबूत है। खुली अदालत में अभियोग चलाने से गवाहों पर आपत्ति आ सकती हैं। यदि आर्डिनेंस के कैदी लेखबद्ध प्रतिज्ञा–पत्र दाखिल कर दें कि वे भविष्य

में क्रांतिकारी आंदोलन से कोई संबंध न रखेंगे, तो सरकार उन्हें रिहाई देने के विषय में विचार कर सकती है। बंगाल में दक्षिणेश्वर तथा शोभा बाजार बम–केस आर्डिनेंस के बाद चले। खुफिया विभाग के डिप्टी सुपरिटेंडेंट के कत्ल का मुकदमा भी खुली अदालत में हुआ, और भी कुछ हथियारों के मुकदमे खुली अदालत में चलाए गए, किंतु कोई एक भी दुर्घटना या हत्या की सूचना पुलिस न दे सकी। काकोरी षड्यंत्र केस पूरे डेढ़ साल तक खुली अदालतों में चलता रहा। सबूत की ओर से लगभग तीन सौ गवाह पेश किए गए। कई मुखबिर तथा इकबाली खुले तौर से घूमते रहे, पर कहीं कोई दुर्घटना या किसी को धमकी देने की कोई सूचना पुलिस ने न दी। सरकार की इन बातों की पोल खोलने की गरज से मैंने लेखबद्ध बंधेज सरकार को दिया। सरकार के कथनानुसार जिस प्रकार बंगाल आर्डिनेंस के कैदियों के संबंध में सरकार के पास पूरा सबूत था और सरकार उनमें से अनेक को भयंकर षड्यंत्रकारी दल का सदस्य तथा हत्याओं का जिम्मेदार समझती तथा कहती थी, तो इसी प्रकार काकोरी के षड्यंत्रकारियों के लेखबद्ध–प्रतिज्ञा करने पर कोई गौर क्यों न किया? बात यह है कि "जबरा मारे रोने न देय।" मुझे तो भली–भाँति मालूम था कि संयुक्त प्रान्त में जितने राजनैतिक अभियोग चलाये जाते हैं, उनके फैसले खुफिया पुलिस के इच्छानुसार लिखे जाते हैं। बरेली पुलिस कांस्टेबलों की हत्या के अभियोग में नितांत निर्दोष नवयुवकों को फँसाया गया और सी.आई.डी. वालों ने अपनी डायरी दिखलाकर फैसला लिखाया। काकोरी षड्यंत्र में भी अंत में ऐसा ही हुआ। सरकार की सब चालों को जानते हुए भी मैंने सब कार्य उसकी लंबी–लंबी बातों की पोल खोलने के लिए ही किये। काकोरी के मृत्युदण्ड पाए हुओं की दया–प्रार्थना न स्वीकार करने का कोई विशेष कारण सरकार के पास नहीं। सरकार ने बंगाल आर्डिनेंस के कैदियों के संबंध में जो कुछ कहा था, सो काकोरी वालों ने किया। मृत्युदण्ड को रद्द कर देने से देश में किसी प्रकार की शांति भंग होने अथवा किसी विप्लव हो जाने की संभावना न थी। विशेषतया जबकि देश भर के सब प्रकार के हिन्दू–मुसलमान असेंबली के सदस्यों ने इसकी सिफारिश की थी। षड्यंत्रकारियों की इतनी बड़ी सिफारिश इससे पहले कभी नहीं हुई। किंतु सरकार तो अपना पासा सीधा रखना चाहती है। उसे अपने

बल पर विश्वास है। सर विलियम मेरिस ने ही स्वयं शाहजहाँपुर तथा इलाहाबाद के हिन्दू–मुस्लिम दंगे के अभियुक्तों के मृत्युदण्ड रद्द किये हैं, जिनको कि इलाहाबाद हाईकोर्ट से मृत्युदण्ड ही उचित समझा गया था और उन लोगों पर दिन दहाड़े हत्या करने के सीधे सबूत मौजूद थे। ये सजाएँ ऐसे समय माफ की गई थी, जबकि नित्य नये हिन्दू–मुस्लिम दंगे बढ़ते ही जाते थे। यदि काकोरी के कैदियों को मृत्युदण्ड माफ करके, दूसरी सजा देने से दूसरों का उत्साह बढ़ता तो क्या इसी प्रकार मजहबी दंगों के संबंध में भी नहीं हो सकता था? मगर वहाँ तो मामला कुछ और ही है, जो अब भारतवासियों के नरम से नरम दल के नेताओं के भी शाही कमीशन के मुकर्रर होने और उसमें एक भी भारतवासी के न चुने जाने, पार्लियामेंट में भारत सचिव लार्ड बर्कनहेड के तथा अन्य मजदूर दल के नेताओं के भाषणों से भली–भांति समझ में आया है कि किस प्रकार भारतवर्ष को गुलामी की जंजीरों में जकड़े रहने की चालें चली जा रही हैं।

मैं प्राण त्यागते समय निराश नहीं हूँ कि हम लोगों के बलिदान व्यर्थ गए। मेरा तो विश्वास है कि हम लोगों की छिपी हुई आहों का ही यह नतीजा हुआ कि लार्ड बर्कनहेड के दिमाग में परमात्मा ने एक विचार उपस्थित किया कि हिन्दुस्तान के हिन्दू–मुसलिम झगड़ों का लाभ उठाओ और भारतवर्ष की जंजीरे और कस दो। गए थे रोजा छोड़ने नमाज गले पड़ गई। भारतवर्ष के प्रत्येक विख्यात राजनैतिक दल ने और हिन्दुओं के तो लगभग सभी तथा मुसलमानों के भी अधिकतर नेताओं ने एक स्वर होकर रायल कमीशन(साइमन कमीशन) की नियुक्ति तथा उसके सदस्यों के विरुद्ध घोर विरोध किया है, और अगली कांग्रेस (मद्रास) पर सब राजनैतिक दल के नेता तथा हिन्दू–मुसलमान एक होने जा रहे हैं। वाइसराय ने जब हम काकोरी के मृत्युदण्ड वालों की दया–प्रार्थना अस्वीकार की थी, उसी समय मैंने श्रीमोहनलाल जी को पत्र लिखा था कि हिन्दुस्तानी नेताओं को तथा हिन्दू–मुसलमानों का अगले कांग्रेस अधिवेशन पर एकत्रित हो हम लोगों की याद मनानी चाहिए। सरकार ने अशफाकउल्ला को रामप्रसाद का दाहिना हाथ करार दिया। अशफाकउल्ला कट्टर मुसलमान होकर पक्के आर्यसमाजी रामप्रसाद का क्रांतिकारी दल के संबंध में यदि दाहिना हाथ बन सकते हैं, तब

क्या भारतवर्ष की स्वतंत्रता के नाम पर हिन्दू–मुसलमान अपने निजी छोटे–छोटे फायदों का खयाल न करके आपस में एक नहीं हो सकते?

परमात्मा ने मेरी पुकार सुन ली और मेरी इच्छा पूरी होती दिखाई देती हैं। मैं तो अपना कार्य कर चुका। मैंने मुसलमानों में से एक नवयुवक निकालकर भारतवासियों को दिखला दिया, जो सब परीक्षाओं में पूर्णतया उत्तीर्ण हुआ। अब किसी को यह कहने का साहस न होना चाहिए कि मुसलमानों पर विश्वास न करना चाहिए। पहला तजुर्बा था, जो पूरी तौर पर कामयाब हुआ। अब देशवासियों से यही प्रार्थना है कि यदि वे हम लोगों के फाँसी पर चढ़ने से जरा भी दुःखी हुए हों, तो उन्हें यही शिक्षा लेनी चाहिए कि हिन्दू–मुसलमान तथा सब राजनैतिक दल एक होकर कांग्रेस को अपना प्रतिनिधि मानें। जो कांग्रेस तय करे, उसे सब पूरी तौर से मानें और उस पर अमल करें। ऐसा करने के बाद वह दिन बहुत दूर न होगा जबकि अंग्रेज़ी सरकार को भारतवासियों की माँग के सामने सिर झुकाना पड़े, और यदि ऐसा करेंगे तब तो स्वराज्य कुछ दूर नहीं। क्योंकि फिर तो भारतवासियों को काम करने का पूरा मौका मिल जाएगा। हिन्दू–मुस्लिम एकता ही हम लोगों की यादगार तथा अंतिम इच्छा है, चाहे वह कितनी कठिनता से क्यों न प्राप्त हो। जो मैं कह रहा हूँ वही श्रीअशफाकउल्ला खां वारसी का भी मत है, क्योंकि अपील के समय हम दोनों लखनऊ जेल में फाँसी की कोठरियों में आमने–सामने कई दिन तक रहे थे। आपस में हर तरह की बातें हुई थीं। गिरफ्तारी के बाद से हम लोगों की सजा बढ़ने तक श्रीअशफाकउल्ला खां की बड़ी भारी उत्कट इच्छा यही थी कि वह एक बार मुझसे मिल लेते, जो परमात्मा ने पूरी कर दी।

श्रीअशफाकउल्ला खां तो अंग्रेज़ी सरकार से दया–प्रार्थना करने पर राजी ही न थे। उनका तो अटल विश्वास यही था कि खुदाबंद करीम के अलावा किसी दूसरे से दया–प्रार्थना न करनी चाहिए, परंतु मेरे विशेष आग्रह से ही उन्होंने सरकार से दया–प्रार्थना की थी। इसका दोषी मैं ही हूँ, जो मैंने अपने प्रेम के पवित्र अधिकारों का उपयोग करके श्रीअशफाकउल्ला खां को उनके दृढ़ निश्चय से विचलित किया। मैंने एक पत्र द्वारा अपनी भूल स्वीकार करते हुए भ्रातृ–द्वितीया के अवसर पर गोरखपुर जेल में श्रीअशफाक को पत्र लिखकर क्षमा प्रार्थना की

थी। परमात्मा जाने कि वह पत्र उनके हाथों तक पहुँचा भी या नहीं। खैर! परमात्मा की ऐसी ही इच्छा थी कि हम लोगों को फाँसी दी जाए, भारतवासियों के जले हुए दिलों पर नमक पड़े, वे बिलबिला उठें और हमारी आत्माएँ उनके कार्य को देखकर सुखी हों। जब हम नवीन शरीर धारण करके देश–सेवा में योगदान देने को उद्यत हों, उस समय तक भारत वर्ष की राजनैतिक स्थिति पूर्णतया सुधरी हुई हो। जनसाधारण का अधिक भाग सुशिक्षित हो जाए। ग्रामीण लोग भी अपने कर्तव्य समझने लग जाएँ।

प्रिवी कौंसिल में अपील भिजवाकर मैंने जो व्यर्थ का अपव्यय करवाया, उसका भी एक विशेष अर्थ था। सब अपीलों का तात्पर्य यह था कि मृत्युदण्ड उपयुक्त नहीं। क्योंकि न जाने किसकी गोली से आदमी मारा गया। अगर डकैती डालने की जिम्मेदारी के ख्याल से मृत्युदण्ड दिया तो चीफ कोर्ट के फैसले के अनुसार भी मैं ही डकैतियों का जिम्मेदार तथा नेता था, और प्रान्त का नेता भी मैं ही था। अतएव मृत्युदण्ड तो अकेला मुझे ही मिलना चाहिए था। अन्य तीन को फाँसी नहीं देनी चाहिए थी। इसके अतिरिक्त दूसरी सजाएँ सब स्वीकार होतीं। पर ऐसा क्यों होने लगा? मैं विलायती न्यायालय की भी परीक्षा करके स्वदेशवासियों के लिए उदाहरण छोड़ना चाहता था कि यदि कोई राजनैतिक अभियोग चले तो वे कभी भूलकर के भी किसी अंग्रेज़ी अदालत का विश्वास न करें। तबियत आये तो जोरदार बयान दें। अन्यथा मेरी तो यही राय है कि अंग्रेज़ी अदालत के सामने न तो कभी कोई बयान दें और न कोई सफाई पेश करें। काकोरी षड्यंत्र के अभियोग से शिक्षा प्राप्त कर लें। इस अभियोग में सब प्रकार के उदाहरण मौजूद हैं। प्रिवी कौंसिल में अपील दाखिल कराने का एक विशेष अर्थ यह भी था कि मैं कुछ समय तक फाँसी की तारीख टलवा कर यह परीक्षा करना चाहता था कि नवयुवकों में कितना दम है और देशवासी कितनी सहायता दे सकते हैं। इसमें मुझे बड़ी निराशापूर्ण असफलता हुई। अंत में मैंने निश्चय किया था कि यदि हो सके, तो जेल से निकल भागूं। ऐसा हो जाने से सरकार को अन्य तीनों फाँसी वालों की सजा माफ कर देनी पड़ेगी और यदि न करते तो मैं करा लेता। मैंने जेल से भागने के अनेक प्रयत्न किए, किंतु बाहर से कोई सहायता न मिल सकी। यहीं तो हृदय पर आघात लगता है कि

जिस देश में मैंने इतना बड़ा क्रांतिकारी आंदोलन तथा षड्यंत्रकारी दल खड़ा किया था, वहाँ से मुझे प्राण–रक्षा के लिए रिवाल्वर तक न मिल सका। एक नवयुवक भी सहायता को न आ सका। अंत में फाँसी पा रहा हूँ। फाँसी पाने का मुझे कोई भी शोक नहीं, क्योंकि मैं इस नतीजे पर पहुँचा हूँ कि परमात्मा को यही मंजूर था। मगर मैं नवयुवकों से फिर भी नम्र निवेदन करता हूँ कि जब तक भारतवासियों की अधिक संख्या सुशिक्षित न हो जाए, जब तक उन्हें कर्तव्य–अकर्तव्य का ज्ञान न हो जाए, तब तक वे भूलकर भी किसी प्रकार के क्रांतिकारी षड्यंत्रों में भाग न लें। यदि देश सेवा की इच्छा हो तो खुले आंदोलनों द्वारा यथाशक्ति कार्य करें, अन्यथा उनका बलिदान उपयोगी न होगा। दूसरे प्रकार से इससे अधिक देश–सेवा हो सकती है, जो ज्यादा उपयोगी सिद्ध होगी। परिस्थिति अनुकूल न होने से ऐसे आंदोलनों में परिश्रम प्रायः व्यर्थ जाता है। जिनकी भलाई के लिए करो, वही बुरे–बुरे नाम धरते हैं और अंत में मन–ही–मन कुढ़–कुढ़ कर प्राण त्यागने पड़ते हैं।

देशवासियों से यही अंतिम विनय है कि जो कुछ करें, सब मिलकर करें और सब देश की भलाई के लिए करें। इसी से सबका भला होगा।

मरते "बिस्मिल" "रोशन" "लहरी" "अशफाक" अत्याचार से।
होंगे पैदा सैकड़ों इनके रुधिर की धार से।।